N: 978-1-935198-33-8

CHAMORU LEGENDS

A GATHERING OF STORIES

RETOLD BY TERESITA LOURDES PEREZ
TRANSLATED BY MARIA ANA TENORIO RIVERA

Published by Taiguini Books, University of Guam Press
Richard Flores Taitano Micronesian Area Research Center
UOG Station
303 University Drive
Mangilao, Guam 96913
(671) 735-2154
www.uog.edu/uogpress

ISBN: 978-1-935198-33-8

Edited by Victoria-Lola Leon Guerrero
CHamoru edits by Teresita Concepcion Flores
Layout Design by Mary E. Camacho, Mylo Design

*This publication was financed in part by a grant from the Tourist
Attraction Fund administered by the Guam Visitors Bureau*

To Clotilde Palomo Perez, who once told me a story

CONTENTS

A STORY OF

LIST OF IMAGES

EDITOR'S NOTE

BY VICTORIA-LOLA LEON GUERRERO

The storyteller in CHamoru culture has always been revered as one of the most important roles in our society. The best storytellers were able to recount historical events and re-tell ancient stories or legends with their own unique poetic twist and layers of meaning. These stories were shared aloud, often times in songs or friendly debates, and inspired those listening to go on and share the stories in their own distinct way. In this fashion, the stories of our people have allowed us to be in conversation with each other for millennia. As we have changed as a people, our stories have kept us rooted to our past while also helping us understand the complexities of our present-day experiences. This collection of legends continues the conversation and celebrates the many ways in which we have grown as storytellers.

Author Teresita Perez gathered stories from elders, family, friends, books and old newspapers and selected 12 legends to re-tell. After writing each piece, she would sit with CHamoru translator Maria Ana Rivera and I, and together we would talk about the story – what it meant to each of us, what the characters' intentions may have been, what cultural values motivated the plot, what lessons were to be learned, why the story had been told the way it had been told for so long, and so forth. Throughout this process, the three of us experienced our own life stories – from the unexpected death of a husband to the birth of a child and everything in between. All the while, these legends kept us company and brought us together to simply talk, just like generations of storytellers have done before us. As the legends were completed, they were passed along to visual artists, who would then bring their version of the story to life in their own unique medium. The result, we hope, will inspire you to keep the conversation going.

FOREWORD

BY DR. SHARLEEN SANTOS-BAMBA

Traditions, values, and practices among the CHamoru people have been passed on from generation to generation by word of mouth. Orality was the primary means of sharing stories of the past, lessons to be learned, and cautionary tales. For me, the legend of the white lady was shared by an older cousin as we rode in the back of a pick-up truck through Naval Hospital road – the white flowers påopao at night and not a street light in sight. This memory stays with me to this day because the påopao flowers and darkness engulf me whenever I drive along this same road. There were other stories about the duendes and tåotaomo'na I learned as a kid from relatives. At school, I recall the yellow, cardstock cover of the *Legends of Guam* written by the Guam Nurses Association and the spooky illustrations of what tåotaomo'na supposedly looked like and feeling excited about being able to read stories from my culture. These legends were read aloud and independently in class and were taken home and shared with family. As I had experienced, the legends of "Sirena," "The Cow and the Carabao," "The Boy Who Leaped to Rota," and "Two Lovers" resonate with many CHamoru people, because we seek to connect with our past and our people, and these stories nurture a sense of belonging.

This is why a collection of CHamoru legends narrated from the perspective of a person of CHamoru heritage and raised on Guam is monumental. While there have been some legends' publications written by CHamoru authors and educators in the past, they were not widely distributed outside of the school system and have long been out of print. Some of the earliest legends' publications that were made easily accessible to our community were written by Navy wives, nurses, and others who were not native to Guam. In my experience, CHamorus who wrote legends' publications did not have the reach of earlier versions written by non-CHamorus. Nonetheless, these native retellings paved the way for others from Guam to take up the pen and write their own versions, and thus, the storytelling tradition continues to thrive as is evidenced in this work.

This work compiles multiple legends into one text and offers retellings from the lens of an indigenous person, born and raised on Guam, and a person who has devoted much of her adult life to the creation, transmission, and perpetuation of stories and creative endeavors. It was then translated into CHamoru by a lifelong CHamoru language educator and esteemed storyteller, who further brought the legends to life in our native tongue.

The author's love of the written word and CHamoru stories manifests in retellings that capture an understanding, interpretation, and imagination of one who grew up on Guam. She confessed that writing these retellings was a challenge that entailed an internal struggle to find the right words and depict the images that did not belong to only her. The legends and stories belong to a people and not to her alone. These stories, no doubt, have taken on and lost details over time just as people change. Such stories reflect different time periods and experiences, as well as encounters with others from beyond our shores. In the end, the author's pen and musings led to this collection – a gift for readers and mangachong.

Legends tell the stories of a culture's people, values, practices, and traditions. They contain motifs, symbols, and characters that help readers make sense of a people. Early versions of CHamoru legends that were written by non-CHamorus made their way through the school system and into the hands of CHamoru children both on and off island, visitors, teachers, and others who enjoy reading these types of tales. This proved to be problematic, because when outsiders write and tell our stories, it is their interpretation of our experiences that gets perpetuated. Their retellings are influenced by their own lived experiences, values, and perceptions of what readers want to know (and read). They decide which details and symbols to include and exclude; which values to perpetuate, and which characters to vilify or amplify. Like the CHamoru character Juan Måla, who was depicted in these early versions as a character known for his laziness and getting out of trouble through trickery – the fool who takes nothing seriously. Then there is Sirena's nina, who was portrayed as protecting the naughty girl from her mother's curse. We were taught these stories by a variety of people and publications. It is at this juncture that we must stop and think about the motifs, conflicts, and symbols present in these legends and why they exist, while also considering who wrote them.

Core CHamoru values and distinct roles come to life in the stories contained in this collection. These stories persist today, because they represent our distinct history and beliefs. For example, in the legends of the trongkon niyok and the trongkon lemmai, the characters are faced with a crisis to feed themselves and their people. Despite the hardship and grief they face, the stories evolve to highlight how sacrifice and inafa'måolek lead to survival. In contrast, in the story of the boy who leaped to Rota, the conflict led me to question why the boy's father was jealous of his son's strength and agility. The physical strength and agility that the boy possesses were common characteristics described by early visitors to the island. The father's extreme jealousy, on the other hand, suggests a characteristic that demeans a father's role in CHamoru culture. This fit of jealously towards his son frames the CHamoru father (and male in general) in an antagonistic role. To substantiate this question, in *Dos Amantes*, the CHamoru lover was poor and unsuited to marry the beautiful Chamorrita. It was the Spanish soldier of European blood who was deemed better suited for her. Resolution is realized through the act of her leaving home and their untimely death. These two examples of the CHamoru father and lover lead the audience to question the male role as counterintuitive to CHamoru values. Are such characteristics and conflicts representative of our understanding of CHamoru men? Or is it because an outsider wrote the stories and their interpretation shaped the legend that many have since read and retold?

Outsider perspectives are often skewed and in turn, emasculate CHamoru men, which is the antithesis of our values as a people. Jealousy. Hate. Trickery. These characteristics are marks of the colonizer. It is without question that early writings by Spanish missionaries concluded that the CHamorus were in need of salvation. Like all imperialist nations, education and literacy were key to indoctrination. Stories and legends were thus catalysts to diminish CHamoru values and romanticize the new, imposing power. While this collection aims to provide deeper characterization to these questionable roles, it is important to reflect on how and why our stories have evolved to include them in the first place.

What is powerfully unique about this collection is the presentation of dynamic female characters. The women in these stories are portrayed in roles of elder, mother, daughter, sister, Godmother, and lover. They are not seductresses or in need of saving. They are complex. Sometimes angry. Sometimes sad. Yearning for love. Ever present. Women are quite different in representation than their male counterparts. Somehow, it is difficult to shake the impression, however, that the character development of women shifted over time to view the outsider male as dominant and more desirable. It is no consolation that the lover in *Dos Amantes* preferred to die than to be without her love. Rather, choosing death was an act of resistance against hegemony.

From the yellow cardstock book of legends published decades ago to this collection, there is much more to be said and written about women and men and all cannot be said in this foreword. Though, it does not prevent readers and writers from unpacking generations of stories, asking poignant questions, imagining what may have been, and creating alternative endings so the storytelling tradition may continue to persist.

These stories and legends are meant to narrate a people's past. This collection indeed narrates our past. It also situates these stories within the context of the CHamoru lived experiences and understandings. It captures the present within retellings of stories of the past. Her words and our experiences. Her experiences and our words. Ours not theirs.

Neill Catangay

REFLECTION 1

Auntie Diddi, my old, maiden aunt, was in the kitchen of her house when a commercial for the movie *The Exorcist* came on. She told me (I happened to be visiting her, and I was the one watching) that when you watch shows about the devil, the devil is watching them with you. I was covered in goosebumps and immediately thought about an invisible Satan casually sitting next to me on the living room couch, his arm draped around my shoulders.

I was hoping that commercials didn't count.

For my aunt, however, the very word "devil" sent her on a storytelling trajectory: she launched into a "one day long ago" memory of going to First Mass at the big church in Hagåtña. As she said, "Pre-War, hagå-hu."

She woke up at dawn, which meant that she woke up late for First Mass, and because she was responsible for waking up her baby sister, baby sister was late as well. The rest of the family had already left and the two of them were the only ones remaining inside their home. They were the last ones out of the house and baby sister's tiny strides made them even more late. It was a short walk to the church, but upon nearing some bushes, a demon dog that had been hiding in them jumped out in front of the girls. Demon dog. Those were my aunt's words. It was a dog from hell with beady eyes, deadly sharp teeth, hovering menacingly over her and her little sister, blocking their path. She never explained why a demon dog appeared out of nowhere.

I never asked, but I had guessed that the dog was attempting to steer the two little girls away from church. Or, in retrospect, the dog may have been her punishment for not doing her older-sister job very well. Hearing this little horror story, I sat there frozen on her couch, transfixed by the movements of her arms, the expressions of her face, the sound of her voice, and my own mental images of her supernatural tale. In any case, I don't remember the end to the story.

Maybe my aunt never ended it.

Frankly, I didn't need to know its end. In 2018, I still don't. I choose, instead, to keep the memory of that one minute I was watching TV and of the minute after that, when I feared for the safety of my soul, and of the precious few minutes after that when I was in fear for my aunts' young lives because an otherworldly beast wanted to tear their little bodies to shreds.

My aunt was born in 1914. I had found out about the demon dog in the early 1980s. Why did I learn of it at that particular moment? What was her purpose for telling me? And why have I re-told that story to different audiences in many spaces and over many years?

When my saina told me stories, typically something in the modern world triggered their memories: a TV commercial, a game show, a lyric sung on the radio. Whatever the thing was, it had some power to shake them up, make them smile, anger them. I don't think storytelling is always didactic, or cautionary. I like to think that my aunt wanted me to share in an experience with her. Maybe she was just allowing me in – to her life, to her family, to her belief systems. As a CHamoru woman, she definitely had the authority to tell me these stories. And I had some sort of inheritance to them. I had the bloodline and the familial tie to her. And maybe in the stories' sparseness, in the questions these stories left unanswered, maybe it is in these gaps that we, the audience, learn and belong and become our own storytellers when we try to fill in the spaces.

Just last year, in my retelling of this story to my primu, the eldest son of that sleepy baby sister, he laughed out loud because he remembered his mom telling him about that exact same incident.

Our versions did not match perfectly. Nåna, he said, saw a little witch woman.

More recently, I told the story again, this time to this same primu's son, visiting the island from the states. This nephew of mine said, "Yeah, grandma told me the story of the witch woman with flowing white hair who screamed and wailed and jumped out of the bushes to scare them." He then ended the story for me like this – Auntie Diddi overcame her little-girl fear and maneuvered her and her little sister around the supernatural being, whatever it was, and they ended up going to church. The girls waited after mass to tell their mother, my grandmother, all about it. Of course my grandmother's response to her children was that they should not have been afraid because it was just a lost soul. As I listened to my nephew tell his memory, I imagined the whole family, the two sisters most especially, praying for that terrifying, lost soul.

And so why have I re-told this story to different audiences in many spaces and over many years? I first shared it in college in the late '80s and early '90s with my hipster friends in Seattle because, frankly, people there tell fake ghost stories (which are the worst) and mostly because I missed home. In recent years, I have shared it with my cousins so we can remember my aunt, who died in 1993, and because when CHamoru cousins get together, we tell stories to remember. Now, I am sharing it with you as a storyteller who believes our indigenous ways of being and knowing are always linked to the stories we've been told and to the stories we tell, whether these stories are our extremely personal and family tales or whether they are the more commonly told legends that we share with our island community. We are linked to the storyteller.

My supernatural story, in the hands of others who tell it, takes on another form and becomes a story of a lesson in faith. But in my retellings, I prefer to keep the demon dog, and, of course, my story does not have an ending.

* * *

This particular collection of CHamoru legends of Guam has been compiled and retold from a variety of sources: I read from texts in which authors retold the legends; I read from texts which were transcribed stories told by i mañaina-ta; and best of all I listened to oral re-tellings from storytellers, whom I asked to tell or re-tell certain legends, either because I had never read the story in print before (in the case of the legend of Pontan and Fo'na) or because I simply wanted stories to hear.

Dorathina Herrero

PONTAN AND FO'NA

In a time that cannot be traced by our memories, there were two who were brother and sister to each other, who were like gods and roamed the Great Vastness together. But the time for their shared life was to end soon. The brother felt the death of his body and foresaw his sister's grief and impending loneliness, and this caused him deep pain. He did not wish sadness upon her.

As he was dying, the brother bestowed upon his sister the knowledge that she contained within her, the powerful gift of creation, but that her life-giving force was of no use without him, just as he could never have given life to anything without her.

And as he was dying, Pontan, the brother, said to Fo'na, his sister, "In spite of your sadness, you must promise to use all the power within you combined with the power I leave behind. And only when we meet in this way, will you be able to create. Use my body to this end, and you will not be alone." Fo'na would not hear of anything to do with his death. She resisted the idea of creating anything. She was already in mourning for her brother.

And Pontan's death did indeed come to pass. The Great Vastness expanded with a sigh, leaving Fo'na so alone in a dark space that now held within it a void, a nothingness, which she did not understand. As Fo'na held the empty shell that once was her brother, alone for the first time, she cried tears that flowed down her face to the place where her heart met her brother's head, continuing in a torrent down his chest to the place where her arms met his. And when her hand and tears mingled with his body, she felt the fullness of love. The force of it moved her hand to his back, to the place that once allowed him to stand tall and strong. Her hand, compelled by love, removed her brother's backbone. Once held within her hands, the spine formed into land, i tano', and she placed i tano' into the Great Vastness.

Fo'na felt the return of a happiness and a peace that she had believed died along with Pontan. And so with her brother, this is how Fo'na ended her emptiness and continued on with the task of creation:

She created the ocean, i tasi, with his blood.

She took his eyebrows and made each a rainbow, isa.

One of his eyes became the sun, i atdao.

The other became the moon, i pilan.

Some believe that her tears, which had flowed down her brother's body, formed the ocean currents and even became the stars in the sky, and that perhaps the locks of her hair, ripped from her scalp as she mourned, formed into the grass and trees upon landing on i tano'. Fo'na was indeed pleased with the world that sprang from her and her brother.

After the universe was complete, after every piece of the brother transformed through her wishes, and when i atdao shone upon their creation, she saw the breathtaking panorama of this world. To her, the evidence of her great love for Pontan was everywhere, yet he was nowhere. Fo'na had no one with whom to gaze upon this world, with whom to roam this new vastness that was shaped by her, through them. She could not accept this unbearable loneliness.

Situating herself where the water met the land, Fo'na took clay from i tano' and saltwater from i tasi, and enshrouding herself in this mixture, she summoned all her power so as to transform herself into a rock. Once formed, this rock firmly planted itself deep within the backbone of its brother earth. The intersection of rock and ground, of brother and sister, rumbled, shaking the earth to its core, and the rock was split in two. Out of the cleft tumbled fully formed beings, who looked very much like

Pontan and Fo'na. They stumbled onto the land and shore beneath the sun and sky, and they looked upon the earth with eyes astounded at all that was bequeathed to them.

Those who decided to stay on i tano' called themselves i taotao tåno' or people of the land. Those who decided to leave traveled upon i tasi and populated the lands that reached out and away into i tasi from beyond the place of Fuha rock.

RICHARD MANGLONA

THE BOY WHO ESCAPED TO ROTA

The most physically perfect man in the world lived a long time ago when the tåotaomo'na, the people from before, walked more closely with their ancestors. This most muscular and agile man was surely a gift from these same ancestors, for he was as if a giant among human men, as solid a foundation as the åcho' latte. His superhuman strength protected the island and he had the respect and admiration of all who depended on him. Like this, he was held in high esteem for a long time. And like this, he lived and breathed in this adoration, expecting it, demanding it.

When he fathered a baby and the time had come for the birth, the newborn arrived so much larger than any other newborn, as the man had expected. And when the baby boy flexed his infant arms or stretched his infant calves, the man could see contours running along the baby's limbs, contours along muscles that were tiny replica of the very muscles that defined his own adult body. This strongest man was incredibly pleased to find that the child was a miniature version of himself. He marveled at the sight and was proud to have such a child.

News of the birth spread. "Surely this babe is a blessing from the ancestors, and surely this neni will be our great protector," the people observed. The man, upon hearing these murmurings, could not believe how quickly he had been cast aside, how swift the gaze of the island shifted from him to this physically perfect baby boy. And with as much swiftness, hate sadly planted and anchored its seed deep within this man's heart. The strongest man in the world, it so happened, had very weak insides. As the days and years passed, jealousy killed any kind of fatherly love that could have been passed on to the child.

Nevertheless, the baby grew strong and fine and happy without his father's care, for the women around the child acknowledged him as a gift ginen i taotaomo'na and saw to the caring of his strength and character. As the baby grew, the man's ears could not hear the joy in his boy's laughter, nor could his eyes see the happiness in his child's smiling eyes. Instead, these interactions fed the man's jealousy. From this jealous place, he observed that the child was faster and stronger than most children; that his forearms were as large as a warrior's arms; that his torso and stomach were marked by the same deep contours found on most grown men. The son, it seemed to the father, was almost as strong as he. *Almost*, thought the father.

One day, walking along the beach, the man happened upon his child at play. Immediately feeling competitive, he sat on a nearby rock to observe his son. He asked the boy, "What are you doing?"

The child answered, "I am hunting ayuyu."

The crafty ayuyu was quick, and the boy, although swift, was not as nimble as the crab. The ayuyu disappeared into a hole beneath a full-grown coconut tree. With one hand, the frustrated child uprooted the tree and, stretching with all his might, retrieved the crab with his one free hand. Victory at last! The little boy held the tree and the crab high in the air and rejoicing, looked happily at his father. But the man was speechless at the sight of the boy's achievement. He thought to himself, "Who is this child? Does his strength come from the ancestors? Do they no longer favor me?" Plagued by these questions, the strongest man shuddered to think of what the boy, grown to manhood, would and could do to his absent, unkind, unloving father. Jealousy, rage, and fear overcame the now second strongest man in the world. If any bonds of fatherhood had remained in him before this moment, they were gone.

The strongest man stood up and reached out to grab and kill his son.

The boy, who loved his father, leaned in toward him, thinking the father was reaching out for a hug. But when he saw the man's cold, dead eyes, the boy let out a pained scream and moved quickly to place himself out of the man's deadly grasp. This young child, who could've engaged in a deadly fight with his father, chose to run for his life. He ran north and kept running until the land ended and he stood at a cliff. Below him was the raging water. Behind him was the raging father. The boy chose to leap from the cliff and he leapt just in time to feel his father's fingers brush the back of his neck. This sweet and strong and smart five year old leapt from the cliff, and because he was so strong, his strength propelled his body all the way to the nearest island of Luta.

We cannot say what happened to the boy, if and how his little broken heart healed, nor do we know what happened to the cruel father. But for all time, the power and sacrifice made by this young child is etched into the landscape of this land. To this day, the imprint of the foot of this perfect boy, who was forced from his island home, can be seen on that cliff line, that place known as Pontan Påtgon. Its partner footprint can be seen at the place called Hinapsan Beach in Luta, reminding us that selfish pride can destroy even the deepest bonds.

NINA PECK

THE TWO LOVERS

Romance does very little to ensure survival, CHamoru people in the days of the Spanish used to think. Who cares that you have love? Love cannot feed you. It is land that guarantees survival, and it is respect from the community that will help you maintain your status in life. In this story, our CHamoru heroine was born into a social class that granted her all the security the island could offer toward her survival – security ensured by the amount of land her family owned, by their reputation as benefactors to their village, by her father's Spanish ancestry, and most of all, by her beauty. Her beauty was famous. Many young island men sought after her. These suitors whispered to each other about her. They imagined staring into the warmth of her deep brown eyes, and some dared to imagine their hands resting on the generous curves of her hips. They wondered if she smelled of jungle flowers and what her dark black hair always tied up in the tightest bun looked like unbound and loose in the wind. Unfortunately for them, their whispers traveled beyond the confines of their social circles.

Word of the young woman's beauty reached the ears of a Spanish captain, and once he saw her himself, this captain decided that he must have her for his own. To the captain, this engagement was very advantageous for him: she was land rich, of European blood, and was indeed a great beauty. He confidently approached the girl's parents and asked for her hand. He knew her parents would consent. Their union would elevate the family's social standing. Had she lived in ancient times, our CHamorita would have had more of a say over her love life. Unfortunately, decisions during her lifetime required the approval of her mother and father, and her parents believed that aligning with the Spanish was the wisest form of security for their family and descendants. Her parents had their land to think of and a reputation to maintain, after all. So, mother and father granted the captain the hand of their precious daughter.

Despite their desire to shelter her, the family could not protect the girl from something with a pull more powerful than safety and security: the youthful innocence of a heart in love. It seems that the girl, unknown to her parents, responded to a very different type of suitor. She fell hard in love with a CHamoru boy, as young and beautiful as she, but who, as fate would have it, was poor. He did not have land. His family did not have the same reputation as hers. And because his poverty could never be sanctioned by the girl's family, the two lovers insisted upon living out their love in secret. They were confident in love's ability to protect them. They met with each other under the cover of night, holding hands with precious minutes to spare, making desperate pledges of love.

When the girl was summoned to a meeting with her mother and father, and the Spanish captain himself, she was told of the captain's desire to wed her. Stoically, bravely, she accepted his proposal in front of the family. In her heart, however, she hid a deep terror and a growing anger.

Under cover of night, again, with the few minutes she had to spare to be with her love, she told him, "I would rather die than marry that captain!"

And her love told her, "I would rather die than not be with you!"

When the day of her marriage came, instead of going to the wedding, she met with her love. The two ran to the place called Tomhom, which, with its dense jungle and secret caves, was a good place to hide. Once there, they chose a cave that could keep them hidden from view for at least a few days, during which time, they believed, the commotion would die down. And the cave was indeed a place for them to hope, because once inside and settled, they were able to nurture their dreams. They discovered the joy of being unfettered by the demands of family, the demands of the

Spanish Crown, the demands of the village, their community, the island. In the cave, they were beholden to no one but each other. They walked upon the living earth amid the roots and leaves of the lush jungle that welcomed them; they slept in each other's arms, in the warm embers of their love. The private demands she made of him and he of her were not demands at all, but were words like honey and music like birdsong. The two lovers had built a home, however transitory, in that Tomhom cave.

In the world outside, a search party was assembled. It was not made up of concerned family members. Instead, angered by the girl's abandonment and sensing that she did not want him after all, the captain arranged for his armed troops to comb the island for his bride. The soldiers, skilled in fighting and hunting down enemies, eventually tracked the young lovers to the area in which they had sequestered themselves. Upon hearing their approach, i dos amåntes ran as fast as their feet could take them. The jungle floor gave way to a clearing that seemed to climb upwards and they slowed down their pace ever so slightly. Higher and higher they ran and closer to the edge of the island they came, the captain and his troops relentlessly pressing on them from behind. The lovers reached the edge and saw that they could run no more. The soldiers were at their heels. They looked at the whitewash of the rough water and the sharp, jagged rocks jutting up from below. What could they have been thinking at that moment? That love doesn't ensure survival? That the land will indeed take care of them? Or that they would never be apart from this day on?

It has been said that she took her hair, loose and flowing in the wind, and tied it to his long hair, and perhaps as a symbolic wedding of their own, they took each other's hands and leaped long and free into the saltwater depths of i tasi.

Although with no winners in this story, as death and sadness poisoned the tides that wedding day, perhaps it can be said that since the story lives on to this day, in some way, love does ensure survival.

VERONI SABLAN

SIRENA

A mother has a tone in her voice, a certain sound that signals to her children that it is time to work: maybe to cook, to clean, or to run an errand. Maybe it's a cadence that is displeasing to the child's ear, because she contrasts that tone to the gentle sound of waves against rock or to the call of the Kingfisher flying near shore. The child longs for nothing more than to remove herself from the harsh sounds of motherhood and run toward the solace of the rocks, toward the beauty of the bird in flight, toward the peace of the water. It was this kind of beauty that proved to be too much for a young CHamoru woman named Sirena to bear. She often chased down the sounds of the shore in lieu of listening to her nåna. She often ran to the water, to feel it, to swim in it for hours and drown out the reality of chores and errands that needed completion. She swam knowing her nåna would be upset, and she felt some guilt about it.

Sirena hated disobeying and displeasing the woman who took care of her. But since she lived near the water and smelled and breathed and listened to it, Sirena wanted to swim. The desire, she felt, was harmless enough. She instinctively knew that each time she fearlessly swam against the ocean currents and swam as quick as the sea birds flew in the sky, she knew that i tasi gifted her with its deep knowledge. The ocean had powers to wake her soul. In the water, she was free. And she was home. Nothing in her life made her happier.

But every afternoon, Nåna called out to her young daughter. Nåna knew that with every moonrise, the time to bear children and run a household was encroaching upon the girl. Sirena was on the verge of adulthood and needed to listen when called to do chores. For her part, Nåna worried that Sirena would not be ready to lead a family. She imagined her long-limbed and long-haired daughter, wild and free, and she shook her head in disdain, thinking, "Her wild ways will do her no good!" Nåna was intent on teaching her daughter to take care, pay attention, be mindful, prepare and plan. Sirena did not want to plan. Nåna would scold and say things to her like:

"What kind of daughter forgets to clean?"

"What kind of household will you manage?"

"You do not listen to me, Sirena, and you will come to some trouble!"

These admonitions happened daily, and yet Sirena still did all her chores absent-mindedly. If Sirena washed clothes by the river, she found the temptation of the water running down her wrists too strong to resist. Even the tiny droplets called to her, and then she would end up wet, rising up out of the river with the wash only partially done. If Sirena went to fetch niyok for charcoal burning, she picked the trees closest to the shore and still came home empty handed, or worse yet, with wet coconuts that couldn't possibly be lit for the evening meal.

One afternoon while Sirena was sent on another errand, Nåna shared her worries with Sirena's nina. In despair, Nåna complained to the godmother. "What do I do with this one? She acts like a child all day playing in the water. What is this laziness?! What is this selfishness?! Has she no sense of duty? What is she?" Nåna placed her head in her hands.

Sitting next to her, Sirena's nina calmly said, "Sirena is a happy girl, and a happy heart should be celebrated."

"Happiness does not feed a family. What are you talking about?"

"Sirena knows what she needs. She knows what her gifts are. She's smart, mali'. Even though she is not my blood, I am telling you, I know her. Sirena is good and kind."

"Yes! No doubt! Sirena is kind. But I am raising a selfish, disobedient, careless child who won't think of the future, but who smiles at me with love, her eyes innocent and sparkling with hope! Yes. Yes I know. She is good. She walks in half-naked from the beach. Hah!! But then she'll only half-wash our clothes! She forgets to bring in the coconuts! She won't sweep the corners or behind the chairs! She refuses to kill the chickens and won't slice open the fish to clean them!" Nåna, her heart racing, stood up. As she stood, Nåna saw her daughter, a small shape from the window, languorously walking towards home, once again, hair falling loosely, dripping wet. Nåna could see from far away that Sirena was smiling and she noticed that once again, the laundry had not been done.

Sirena's nåna felt an anger, a grief, and a disappointment grow and turn around inside her womb, a grief and rage that only mothers can know. As soon as Sirena stepped into the house, the firestorm of rage that was growing in Nåna leapt from her heart and out her mouth. Nana's voice thundered as if it came from someone else. "Since you love the water so much, live there until you die there! You will never have children. You will never have a home!" At that unbearable moment, the echoing boom of these words threatened to tear down the walls of the house. Nåna's admonitions pierced Sirena's ears with a stabbing pain and clouded her eyes, blinding her. Sirena's instinct was to flee from a heartbreak that she didn't recognize. She blindly backed out of the house, turned and ran instinctively toward the smell of the ocean.

Sirena's nina watched her goddaughter run away from her home, toward the shore. Facing the ocean, the godmother's voice rang out cool and calm after the girl: "I claim your heart, Sirena, your mind and your heart, and because of that, I claim your womanhood for you in the places where your mind and your heart live. Your nana has taken children from you, but she cannot take the ocean from you."

Sirena couldn't have heard the peace in her godmother's wish for her, for once in the water, she panicked. The ocean, it seemed, was rejecting her and she feared that her mother's words were going to kill her. The water raged all around her. Her arms flapped up and down; she no longer remembered how to swim and could not keep her torso or head afloat. She gasped in short spurts of breath taking in both water and air, coughing and choking. But worst of all were her legs. She lost control of her legs. They felt as though they were on fire. Had she scratched them up against the ocean rocks? She wasn't near enough to the coral reef yet, but the burning was insistent. The pain moved from her toes to her knees. She tried to use her legs to swim, but found that the fire spread to her joints, stiffened her knees, and tightly locked them in an immovable position. She was sure she would sink to the ocean floor.

Yet Sirena didn't sink. Instead, the current swept her closer to the reef, where the water cruelly (she thought) dragged her over the jagged edges of coral. She felt the flesh of her thighs grating upon those edges and wondered if she were being sliced into quarters by the sea. "The ocean wants me in pieces," she thought desperately to herself. And it was only at this point of feeling immobile and severed that she finally cried. Her tears fell for the pain she felt, for the pain her nåna felt, and for the loss of home and of life. Sirena gave up fighting and surrendered to the ocean. Her tears mingled with the waters all around her, and when they met the ocean, the ocean calmed. Her heart gathered up a deep mournful moan for this pain and when that moan came out her throat and into the world, she thought she heard dolphins.

Sirena stopped fighting. She closed her eyes, and lay floating on the water as if to sleep. She focused on the feel of the water on her arms and back and neck. She felt the coolness of the wind hitting her wet cheeks, and the pain subsided. She opened her eyes.

Sirena noticed there were no dolphins. She noticed that the clouds were missing from i langhet. She noticed that its deep blue color merged with the blue of the ocean. She noticed these things, yet she didn't notice the ease with which her body cut through the water or how far and how fast she had swum. She didn't notice the scales, the green, silvery sheen where her legs once were. The glimmer of green she did see, she mistook for the silver-blue glare that ocean waves make in the sun. If her heart refused to let go of Nåna's hurtful words, then all Sirena wanted was for the peace of the ocean to be there with her. The ocean did not, in fact, tear her to pieces. The ocean wrapped her up and tucked her into its earth-sized blanket of serenity. And she felt as if she were the only thing that mattered in that moment. Again, she closed her eyes.

Later, much later that evening, as Nåna searched the naked horizon with an aching heart, she deeply regretted her words, because like all moms, who sometimes say regrettable things, Nåna only wanted what she thought was best for her Sirena. And although Sirena could never go back to her home, the young girl lived out the rest of her days half fish, half woman, in the body preserved for her by her godmother and in the form given to her by her Nåna, a form that most captured her spirit.

Veroni Sablan & Kie Susuico

THE FLAME TREE

Every year, as the island transitions from dry to rainy season, the Flame Tree bursts forth in blossoms the color of an otherworldly orange. In its fullest bloom, the flame tree is on fire like the brilliance of the afternoon sun, and every branch is covered in the overlapping delicacy of flower petals.

Walk up to a tree. Rest the cluster of petals in your hand; each one fans out like an open palm. Upon closer inspection of the orange petals, you will notice an oddity that can't be seen from afar: delicately interlaced in the fiery orange of a rogue petal or two are paint strokes of white – a white the color of tropical clouds, or sea foam. Or the white of a lace mantilla.

One young woman owned just such a mantilla given to her by her suitor. Up until the evening he presented this gift, the young girl used, instead, her deceased mother's mantilla to cover her head during morning prayers. Inside her little village church, as was her routine, this young woman, Elena, recited morning vespers; she prayed most often to the Virgin for her family's safety in the water, for them to have a successful catch that morning, for the daily strength to keep her home clean (sa', ai her brothers are filthy), and for skilled hands to prepare a good meal for her family. And on certain mornings, she prayed for peace and quiet to still the bad feelings that existed between her family and another family who also lived in their village.

Some nights, when her father and brothers returned home from a particularly bad day on the water, they would say things like, "That family sabotaged our fishing boats!" Or if they were particularly gloomy, they would report to her how, "that family must have paid a kakåhna to give us bad luck with the fish and winds today!" Such superstition, thought the young woman. She wondered how long this hate between families could go on. The origin of the hate was unclear, even to her. Were they really bad people? That particular family, these days, consisted only of a father and his son, Jose. She couldn't believe that those two had the ability to wreak some vague vengeance on her and her family. She had heard that her grandfather had started feuding with Jose's grandfather many years before and that maybe the feud was about land. But exactly who got cheated out of what had never been made clear to her. What was clear, however, was that her father hated Jose's father. Her brothers hated Jose.

For his part, Jose knew very clearly who Elena was. If prizes were given to the strongest heart, the bravest heart in the village, those honors would go to Elena. Her mother passed just as Elena was entering womanhood. As the only surviving female, she was tasked with taking care of a household of grown men and the entire family had to start all over again with a new captain on board. But she took on this serious responsibility with such passion and energy. She wove guåfak for their beds. She made soap to clean their clothes. She woke up earlier than her fishermen to pack their lunches neatly and securely in their pandanus bundles. Elena fed them well, keeping their backs strong to haul the talåya, to bring back fish enough to påtte with the village and to sell or trade for other food items. She budgeted the household expenses, being careful to ignore the silken white lace or fragrant oils for sale. All of her deeds and tasks, even the smallest gestures, were witnessed by the village and admired and commented upon by her neighbors.

"Elena is such a good girl."

"What would those men do without her?"

"She is truly the head of her household!"

Jose admired her qualities as well. He noticed how her eyes radiated warmth like i tano. Her mouth was the color of a ripe mansanita. Elena, most importantly to Jose, was the kind of young woman who didn't know just how beautiful she was. Her humility shone above her beauty.

It was this humility that helped Elena accept a life that proceeded day to day in quiet predictability. She was quite happy to take care of the men in her family. She became so adept at sustaining their lives that, unbeknownst to her, her father and brothers often wondered how they would survive without her. But no one said a word directly to her. Her brothers and father loved her, and did not want to displease or upset her – she who had so much responsibility in their home and over their wellbeing. The last thing they wanted was to make her feel bad, but the truth was, they didn't want her to find love. They feared that love would make her leave them. Her brothers therefore resolved that the man her heart would choose, whoever he would be, would make his living from the sea, would be kind, yet fearless, and would make her laugh. In that way, the brothers thought, she could never think to leave them, for there were few men in their village good enough for her, or as good as they were.

Elena, however, knew of at least one who was more than good enough for her. As she waved her father and brothers off to work every morning, she would linger a little bit longer at the door to watch Jose walk the same path. Jose was known as a skilled talayeru, but he would also take the boats out into the water and fish in the deeper parts of the ocean. He was the strongest swimmer in the village (stronger even than her brothers, she had to admit) and was known to have saved a few other fishermen from drowning. Elena loved how most of all, he took tender care of his father, a widower for many years now. They, unlike her own family, had no woman to help them with the house. She often wondered what their home looked like – could it be a mess? No. She saw him wearing clean pants, a humble shirt and a woven hat to keep the sun from his eyes. She wondered if he wove the hat himself.

Her gaze, initially, portrayed only a casual interest. However, as time passed, she looked at him more intently, searching for answers about the mystery of who Jose was. And so she watched him more and more. She watched his movements – strong, agile; his walk – graceful and sure, wise like a turtle that always knows its way home. Elena, naïve as she was, remained unaware of the conflict that was growing inside her, a strange tension that was new to her. She didn't know that her daily life would cease to be enough for her.

One morning, while Jose walked to the shore as was his routine, he felt as if someone's eyes were accompanying him down the path. The feeling was so strong he turned around quickly to catch whoever it was. Behind him, Elena stood in her doorway. She shifted her gaze to the ground, ashamed at being caught, and rushed back inside her home. Jose grinned, his heart jumping for joy. He knew at that moment that what he had wanted to happen was something that she might want as well.

The next morning, instead of going fishing, Jose did a very risky thing: he went directly to the church to make sure he would be there when she arrived for prayers. As she walked in and saw him at the back of the church, she gasped and thought to herself, "Ai! What is he doing in here? What do I do? " Without realizing she was doing it, she adjusted her skirt, her mantilla. "I have to pray. I ... I ... have to stay," she convinced herself. So she knelt nervously in the front row and prayed. Jose respectfully waited a few minutes. He knew what he was about to do was incredibly foolish.

"Our families hate each other," he thought to himself. "Oh, but her smile." And he smiled at the thought of her. Emboldened, he moved into the pew behind her. Speaking to the back of her head, he broke the silence: "I know who you are." He heard her inhale sharply. "I'm sorry. I don't mean to frighten you. I just ... I only really wanted to meet you," he stammered, "I'm Jose."

Elena should have left the church immediately. Instead, his presence gave her a strange comfort. His shyness made her feel strong. She tried so hard not to look at him and not to think about him, but he distracted her from her prayers. She kept uttering the Virgin's name, "Sånta Maria, Nånan Yu'os, tayuyuti ham ..." She heard him breathing. In her mind's eye, she imagined the outline of his shoulders as he inhaled and exhaled and she'd give out a little cry in her mind, "Ai, Yu'os!" And again, "Sånta Maria, Nånan Yu'os tayuyuti ham ..."

Jose was respectful enough of her and of Santa Maria to wait for Elena to end her prayers. And when she stood to light a candle, he remained a few feet behind her. She still had not said one word to him. And when she held the taper to the wick, he echoed her movements, found another taper and another candle to light while leaning in close enough to smell her freshly washed mantilla. He whispered to her, "I know your name. The whole village knows who you are." She looked around to see if anyone was in the church before finally addressing him, "Hunggan, Jose." She remained staring at the Virgin, her hands held in prayer. "I know that the village talks about me, so we can't be seen together."

Her shaking voice forced Jose to think of a way, a safe way for her to talk with him. "I will leave messages for you, right here under Her statue. Elena, put fabot, will you take them?" And Elena, shyly looking down at her feet, nodded without a sound and consented in her heart to read whatever words he would write to her.

Over the next few days, Jose would enter the church before her and leave little pieces of paper with a simple message of love or a scribbled question. He offered a, "Si Yu'os un gineggue Maria, bula håo gråsia..." to the Virgin, and would quickly depart the church. Elena would walk in a few minutes later, kneel at the pew and utter her morning prayers. After lighting a candle, she'd snatch the paper from underneath the Virgin and hold each message tightly to read once outside the church.

Soon though, Elena started to look at the statue and wonder about the feel of Jose's hand. And Jose found himself staring at his catch of the day and not seeing fish, but thinking of her eyes. He took to sneaking behind the garden wall of Elena's home to whisper to her. She would casually linger a little too long by the vegetables to hear his gentle voice tell her about his adventures in the water that day. The two lovers knew, of course, that the path of love was incredibly stupid and hopeless. Reckless. Maybe even dangerous. But once ignited, love cannot die.

During one of their garden wall conversations, Elena's brother, looking out a window, saw his sister opening her mouth in silent prayer among the kalabåsa in the backyard. "Odd," he thought. "Is she praying?" But he saw her smile and move her hand to cover her mouth. "She's far too happy to be praying," he thought. The curious brother went out the front door and around to the back yard. Her giggles were louder now as were her promises of love to an invisible other. And when he peeked around the corner and saw Jose, he felt his legs ready to pounce; it took all his strength to rein in his arms and fists, to quiet his legs. He remained silent and listened to Jose's frustrated whispers:

"We cannot keep meeting like this, Elena. This hiding. This wall. The secret messages. I cannot even see you. We treat our love like it is basula! But I love you so much. And I know you love me!"

"We cannot meet in public. Jose, you know this!" She put her face in her hands, but she couldn't even cry. Not in the garden. Jose hated to hear her so upset. "Here," he carefully threw, over the wall, a beautiful lace mantilla, as white as the sea foam. "I got this for you." She gasped with delight, quickly took the mantilla and hid it in her skirt pocket.

"You must wear it tonight," he continued. "As soon as your father and brothers retire for the evening, go out to the edge of the village. We will meet in the center of that grove of large trees." Elena nodded. She knew that grove. "Wear the mantilla. It will glow in the moonlight, and I will be able to see you, even from afar."

Elena's brother let their brother and father know of the lovers' plan. Their father then, without hesitation, went straight to Jose's home. The last time the two fathers spoke to each other was years before and that was to hurl drunken insults at one another. But this time, Elena's father needed the man's help to prevent this disastrous meeting from happening. The brothers decided that something more drastic was necessary to protect their sister's honor and their family's name. They took their machetes to that grove of trees and laid in wait for Jose. They saw the big, old tree in the center of the grove and chose to lay in the thick, overgrown bushes nearby.

The brothers, crouching low to the ground, couldn't see Elena very well but recognized the scent of her clothes, and they panicked; Elena was early for her rendezvous. At that exact moment, in the middle of their panic, the brothers heard snorts, scuffling hooves, the rustling of brush and leaves, and the cracking of branches beneath heavy feet. Whatever was making that noise was behind them in the bushes. The brothers turned around just in time to see a big and very angry, wild babui making ready to attack. Eye to eye with the pig as it charged at them, the brothers took it down with their machetes, slashing at it to save their lives, yet desperately trying to stay quiet, to suppress any yells so Elena would not hear them. But of course Elena heard the struggle. She saw the round back of the babui appear above the bushes. It was huge! Its squeals and quick, wild thrashings in the nearby bushes frightened her. She ran from the grove, back to her home. In fleeing the scene, Elena did not feel the delicate, white, lace mantilla slip silently off her head.

The brothers watched her escape, and feeling proud that they had done their job in scaring her off, also went back home satisfied in knowing that Jose would arrive to a lonely grove. After the brothers left, the wounded and bloodied pig slowly made its way out of the bushes and into the open grove. It lumbered over to the tree and in its dying throes, smelling Elena's scent on the mantilla, ripped it to shreds, perhaps in anger at dying.

Jose, who had been detained by his father and cousins, snuck out of his house and showed up well past the appointed meeting time. He hoped against hope that she would be there waiting for him. As he approached the grove of trees, all he saw were the remnants of a lace mantilla torn to shreds and covered in blood. Jose stopped breathing. "What is this?" he wondered, picking up pieces of the veil and looking around to see the babui tracks and the flattened and crushed leaves and bushes where the pig had been. He screamed into the air and cursed his rash heart. He felt his spirit die inside him, because he believed that his impulsive desire to be with Elena had been the cause of her death. She was in the jungle because he told her to meet him there. "It's my fault that she is dead," he cried in despair. He decided he would die with her. Blinded by his tears, he felt for his fishing knife. He grabbed it from his belt and stabbed himself deep, deep in his heart. He fell on top of the shreds of bloody lace. He didn't die immediately, but bled on the tattered veil, inhaling Elena's scent, the last few traces of her like a dream, as he slowly fell away from the world.

Hours later, with her brothers and father sleeping soundly and secure in their beds, Elena snuck out of her house hoping against hope that Jose showed up and decided to stay even though she was not there. Maybe he'd be asleep in the grove, dreaming that she would return. Brave Elena arrived in the dead of night to the grove and found her beautiful

Jose asleep, nestled within the thick roots of one of the largest trees there. She smiled and her heart leapt. She felt alive and ready to be held by him and to fall asleep under the stars. But when she got closer and spotted what looked like little streaks of white covered in red, she feared that her brothers had done something drastic. She slowed down, walked carefully toward her love, her bare feet covered in the stickiness of the bloodied leaves, and saw the fishing knife stuck deep in his chest. She knelt beside him. Elena did not scream out loud. Her eyes widened in terror and she calmly whispered to him, "Hu guaiya håo, my love. Oh Jose, I know you can hear me. Hu guaiya håo, asaguå-hu." She glanced one more time at her beautiful Jose, brave and kind and strong. She pulled out his knife and plunged it deep inside her heart, where she, too, bled a river of sadness and loneliness that covered the shredded lace mantilla, the roots of the tree, and the earth all around them.

The men in both of these families, upon waking at the usual hour to go fishing, discovered their missing children. "But she came home, Tåta. We saw her!" The father immediately went to Jose's house and angrily pounded on the door, "Jose! Where is my daughter? Elena will never belong to you!" The door flew open, Jose's father stood strong, an arm holding a club. "Your daughter isn't here and neither is my son!" Elena's father grew anxious. "Come with us, then. They must have spent the night in the grove."

The men ran toward the lovers' meeting place to put a stop to what they feared had already happened. What if they were too late? As they edged closer to the trees, the brothers recognized the grove from the night before, but it looked and felt different. "They were supposed to meet next to that large tree up there, Tåta, but..." Their thoughts were interrupted at the sight of the tree, which was no longer old and withering, but lush and fuller than it was the evening before. Did it look alive? The men immediately felt fugu. They stopped running towards the tree. From where they stood, it looked as if it were dripping red. The brothers were so sure that this was the place, but they approached the center of the grove more slowly, cautiously. Something was wrong. They spied the lovers lying next to each other under the tree, but they also noticed how the earth was covered in a sea of orange-red petals. And as they got closer, they saw that the petals weren't petals after all, but rather the ground, the rocks, the jutting roots, the grass all covered in a pool of blood. The tree, seemingly alive and breathing, appeared to be soaking in the red and bloodied earth. When they were within arm's reach of the lovers, Jose's father dropped to his knees, and Elena's father and brothers cried, no longer inflamed by anger, the fire in their own blood put out by their tears.

The brothers carefully picked up the bodies of the lovers and returned to the village. The fathers remained alone, standing beneath the tree, staring at each other in disbelief and regret, their eyes glancing away to the bloody ground. What did they understand at that moment? That their hate ended their children's lives? How could they survive the rest of their own miserable lives?

The time the old men spent together started simply enough: they would bump into each other on the street, and whenever they did, they talked of Elena and of the meals she prepared or of Jose and all the fish he would catch. Then the meetings became planned occurrences: once a week, twice a week, card games three nights a week. The conversation moved from Elena and Jose to old wounds that didn't even belong to them. And the two talked about the tree, every April or May, as the seasons changed and it started to bloom; they talked about how beautiful the tree was and how strong it stood in the center of that grove.

Many people in the village, for many years after, smiled as they watched the two old men walk together every morning to their boats to fish together. The village chatted excitedly over the brothers' routine visits to Jose's old home, where they offered their strength and services to the lonely old man there. And forever after, the two families met in forgiveness and laughter and sometimes in sadness and regret.

Over the years, the petals on that tree in the center of that grove turned from the bright red of blood of the lovers to the vivid orange of the flaming afternoon sun.

REFLECTION 2

Nothing tastes worse to me than Almond Joy: thin and sad, gooey shreds of coconut, uniform in size and shape, encasing a usually stale almond, and all of it wrapped in something that tastes like mediocre chocolate. I hate it. If anyone watched the grace and beauty of real coconut flesh fall delicately from the sun-shaped kåmyo grater, if anyone ever sunk their fingers into the light, snowy mound of freshly grated coconut to take a generous chunk of that sweetness into their mouth, that person, too, would hate Almond Joy.

In fifth grade, Mrs. Garcia, my CHamoru teacher, showed the class a film, one of those post-WWII documentaries. This one happened to be about the coconut tree. The film opened with a generic-looking island boy, skinny and brown, wearing nothing but a loincloth against an equally standard, all-purpose beach. He was skillfully climbing up a tree to pick the nuts. The class giggled since, in 1978 Guam, we didn't know anyone who dressed like that. Maybe most of us didn't know anyone who still climbed coconut trees with such agility, and we all had no idea if the island in the film was Guam or not. As my classmates and I tended to do with films about islands, we started looking for landmarks we could recognize so we could yell out things like, "Oh hey! Is that Ipao?" or "That guy looks like my uncle when he was young!" The cinematography, in short, was mostly forgettable. What made an impression on my young mind was the image of lush, green coconut trees lined in neat rows, gracing the sandy shoreline. It was very postcard-like, and in 1978, the people I knew weren't taking me to seashores that looked so thick, so jungle-dense.

Hypnotized by the image, I remember the man's voice-over speaking about the fibers of the husk. The beach image cut away to a dark brown, thick-armed woman using the husk to squeeze out every ounce of milk. I was hooked. What was that? And that tree, according to the voice-over, produced food, clothing, shelter, and all the basic necessities of life. These images, exotic and ironically new to me, got me thinking about the magic of the coconut – one species of tree meant survival. Just one tree. Of course I knew things about the coconut. The obvious things like its use as food, as material for weaving. In fact, the only hand fans we owned were made from coconut leaves. But to build homes? I remember after that CHamoru class telling my CHamoru father, who was dying of cancer in 1978, all about the varied uses of the coconut. "And you can make houses out of them!" I exclaimed. He laughed at me, telling me that his sister, Diddi, was the tree-climber in the family; she prided herself on being able to scale any tree. He smiled, as he lay bedridden. That smile really fueled my elementary school obsession with the coconut. Plus, my love for my Auntie Diddi got me thinking about the absolute coolness of such an all-purpose tree of life.

I took great pride in my coconut tree drawings in art projects (landscapes with a western-style home and a coconut tree off to the left). I begged to kåmyo the coconut, and I paid close attention as I stood behind my grandma's little body at the stove, to see how she made the oil. I scoped the perimeter of our backyard and helped my mama nurture the little palms that sprouted, quite accidentally, from the old nuts that fell to the ground.

That was dreamy-eyed me in elementary school. In high school, the tree became white noise. Other teen, nerd-girl things became more important than my mother's backyard. I lost interest in the kåmyo and grew to dislike the old-lady smell of the oil, but the coconut continued to do its thing in the daily lives of the women in my family. Whenever her machete came out, I knew it was time for my mama to get the nuts from her midget trees. She grated them on a weekly basis and used coconut milk that she squeezed out of the grated flesh in much of her cooking. She kept the shells, picked clean and washed, for a prep bowl or an emergency mortar. She burned the husks to smoke out the bugs that threatened her trees. My grandma would fry the grated coconut down to make her oil; she'd rub it in her hair and assured me that I wouldn't get any gray if I did the same. She put it on her rheumatoid knees and it warmed her sore joints wrapped in my old t-shirts and an Ace bandage. The coconut was medicine. It was food. It was beauty product and kitchen utensil. The presence of the coconut meant life was proceeding normally. And normal, for an Americanized, high school CHamoru girl, was boring.

Away at college, clueless statesiders I'd meet from time to time, upon finding out my island roots, would utter "coconut tree" to me, weird, sultry looks on their faces, as if the phrase's very syllables left the flavors of a Mai Tai or the memory of pineapple on their tongue. I often wanted to grab them by their shoulders, give them a good shaking, and tell them to quit putting a coconut shell bra on me. It was those moments in the big city that I fell out of love with the tree, which they had turned cliché, even though I insisted that it was so much more than a symbol of idyllic escape, of exotic, sexed-up natives, and of vacation from their gray office walls. The coconut tree they conjured was no longer the "normal" I knew and took for granted. It grew ugly in my mind, an oversimplification of the complexities I knew about it. I didn't know any Gilligan, I assured them, and there was no Ginger making a coconut cream pie in an evening gown! I rejected words like "tropical" at a time in the mid-to-late '80s when all around me the hyphenated American writers and their stories screamed cultural identity and slapped every Anglo in the face with knowledge of the other. I, however, protected my identity stories. I kept silent. Who wants her or his life reduced to palm trees and grass skirts? I didn't. And frankly, I felt the truth of my island was none of anyone's business.

At the start of another millennium, I decided that I wanted to go home. And I wanted to stay home. I had become a mother.

When I came home with my newborn, the trees weren't sick yet. I happily introduced the baby to his grandma's backyard. He crawled toward and propped himself up on all of the trees in the yard: the åbas, the åtes, the lemmonchina, the kalamansi, and the three coconut trees. My mom still had them, and she still used them (grandma was long gone). For this baby, the coconut was neither white noise nor cliché. It was a gift of touch, of experience, of smell, of cool breezes and of shade. He associated the tree with love and life. Every morning, I had my baby crawl and sit and lie, skin to soil, in our backyard.

And when the backyard became too small for the boy, when the green and the brown earth became normal for him, I obsessed over the idea of lush, green, coconut trees and empty beaches. I kept him away from Tomhom (Tumon), which had become a shadow of its former self to me – the coconut trees replaced with towering hotels. And I knew I needed to go up north to Litekyan (Ritidian). I selfishly needed to see the coconut trees, thick and plentiful on the perfect shoreline. I needed them badly. And I needed my baby to see and know them as well. But this is the part of my story where I can no longer explain why I needed this tree. I took our beat-up car and braved the crazy, bombed-out road to Litekyan, just me and him, this little guy, back home for good, so we could sit in the hot, white expanse of sand under the nurturing gaze of the old woman tree, the trongkon niyok.

THE COCONUT TREE

The children of Fo'na who had remained on the island lived together, forming clans in order to increase their chances of survival in this new and beautiful land. They made shelter in caves and had little need for clothing, but shivered in the rain and in the evenings. They fished and hunted what animals they could find with finely carved stone tools. And when hunting and fishing grew scarce, they would eat roots and fruits, giving the land time to regenerate.

Within one of these clans, there were a brother and sister who lived on their own. At the beginning of their lives, they had a tåta and nåna who loved and cared for them dearly. But their tåta and nåna died when they were quite young. Tåta, they were told, was killed during a clan fight. And nåna died of a fever soon after him, although many knew that she, in fact, died of a broken heart. It seemed she passed on her broken heart to her children, who were greatly affected by so much loss. Afraid of their situation, the young brother and sister, too old to be taken in by others, vowed to take good care of each other and to watch out for each other, for they felt they were all they had in the world. Their survival rested solely on each other, which meant that despite what little practice time he had with his father, the brother needed to kill small animals and fish to feed the both of them. The sister, with the little training she received from her nåna, was able to forage with her brother, prepare the food well enough, and take charge of the general domestic needs of their dwelling.

They remained hidden in their cave in the daytime, keeping to themselves and coming out only from time to time to hunt and forage. And where was their clan? The clan would have done their best to help the brother and sister, yet the two, out of fear, innocence, and sadness, isolated themselves. Their clans-people understood that the two were deep in mourning and from time to time, quietly and without ceremony, delivered to the mañe'lu what little fish and fruit they could give to help them get through their days. No clan member expected any food in return, especially under such tragic circumstances.

One day, returning from a foraging trip, the two entered their cave and found an old woman huddled inside. She was frail and shriveled, naked except for her long white hair covering her body. She looked like a cornered wild animal, yet her eyes were kind and sparkled at the two when she first saw them. They felt such sorrow at seeing her; everything about her looked so brittle and weak. She never said a word to them, not one explanation as to who she was. Was she from their clan? The siblings had never seen her before. Yet, strangely, as shy as they were, as fearful of the outside world, their two hearts broke for the old woman in her awful state. They took her in and fed her what food they could offer. Because she was so delicate, and to help her build strength, they gave her the sweetest parts of the fruits they had, and the choicest sections of meat. They set her up to sleep in the warmest spot in the cave for her old bones.

They housed her for days, but not one word did the old lady utter to the brother and sister. Nor did they try to talk with her. In fact, the mañe'lu did not complain about the lack of conversation with this new companion in their cave home, for she had kind eyes. After her first meal, she started to smile. And with her smile and her eyes, the old woman lit up that dark dwelling. As the old woman grew stronger in their care, the brother and sister grew happier. The light from her eyes, the sweetness in her smile, caused the orphans' hearts to grow stronger each day she remained with them.

After three days, they needed more food, so the brother and sister left the cave on another foraging and hunting trip. They left early in the day and returned late in the evening. Setting foot inside, they found the biha asleep. Thinking she must be hungry, the brother went to wake her up to eat. He gently tapped her on the shoulder, but her eyes stayed closed. He then cradled her in his arms to sit her up. Her body, still warm to the touch, fell limp in his arms; it felt as if she were made of bird feathers. Incredible that having been hurt so much by it in their short lives, the young children still couldn't recognize when death was hovering nearby. Once they understood that she was dying, however, the two began to cry over her. The sounds of their cries kept the old lady from slipping away; she opened her eyes and turned her head to face them. "Children, you have been so good, so kind to me," she said. "I want to give you a gift." It was then that the two noticed that the whole time they had been holding her, her right hand had been balled into a tight fist. When she opened her hand, inside it was a seed. She had been grasping it tightly, as if it were her life. She placed it in the sister's hand. "Bury this seed with me, and my spirit will take care of you both for all your lives," she instructed and closed her eyes again.

The sister and brother, who had foraged for many things in the jungle outside their cave, had never before seen a seed like the one the biha had given them. The sister closed her fingers tightly over it, just like the old woman had done. They kept vigil by her side throughout the night. In the morning, when the biha no longer acknowledged the sound of their voices, when her skin felt cold to their touch, they yelled out for her in the only name that seemed to fit, "Nånan Biha!"

Surprisingly, these two, whose hearts had been so broken by the deaths of their parents, did not collapse into helplessness. The mañe'lu, so isolated from people, gained a gentle and quiet confidence from having eased the hunger of the old woman, from having kept her cold bones warm. They gained bravery from the kindness in her eyes and generosity of spirit from her mute gratitude. Later in the day, after cleaning her body and preparing her burial, the brother and sister, without a trace of fear or trauma, walked out of the cave carrying their nånan biha to the seashore. They dug a resting place for her deep in the earth next to the sand. The sister, following the dying woman's wishes, placed the seed in the grave with her.

Not long after, the mañe'lu visited the biha's grave. Upon reaching her gravesite, they gasped at the sight of a little sapling jutting from the place where the seed had been buried. "Atan ha'!" the girl exclaimed. "The seed is already growing into something. Let's see what it will become." They returned every day and made note of how quickly the sapling grew. Within the week, it sprouted into a tall tree, with leaves that reminded them of the old woman's hair, and a slender, pale-gray trunk, reminiscent of her complexion. But the trunk was strong, perhaps remembering the strength she had in her youth. At the sight of the young niyok, the mañe'lu knew that their nånan biha had kept her promise. She had not really left them and they would make sure that she would be with them forever. Not a day went by without a visit to the tree, both of them talking to its roots and its leaves, and touching the tender green blossoms that appeared in the place where the leaves gathered.

It wasn't long after the tree was fully grown that the brother and sister saw the blossoms give way to the first fruits. The brother climbed the tree and poked at the smooth outer covering of the fruit. With some difficulty, he pried the fruits off their stalks and dropped them to the sister. They discovered they could pull the outer covering away. It gave way to rough fibers, revealing a round, little, brown nut. The mañe'lu grew more excited. They wondered what they would find inside this round, little nut.

The brother gathered enough of these fruits and cleaned away the outer husk of each one to bring back home a nice collection of nuts. Each nut looked like a face, two black circles for eyes, and one below for a mouth. They were almost the size of the sister's little head. Hard like it, too. The brother and sister smiled at each other again, the faces on these nuts were another reminder of their nånan biha's presence.

They hauled the nuts to their cave and took turns throwing them on the stone floor to crack them open. Although rock hard, once opened, the furry nut yielded a soft, white flesh. The mañe'lu smiled; the flesh was creamy and smooth in their mouths, its mild sweetness able to satisfy hunger. Out of some of the nuts, a clear, tangy sweet juice burst forth, quenching their thirst. "How could this be?" they wondered to themselves. This nut provided both food and drink for them. In their short lives, they knew of no other food in the jungle like this one. The mañe'lu thanked their guardian nånan biha, for not only was she still with them, she would provide for them and give them nourishment for as long as they lived. Their nånan biha would take care of them in this way for many years.

The fruit yielded food not just for the brother and sister alone. For at the moment they discovered its taste and learned of the gift that was given to them by the biha, the mañe'lu felt that she would have wanted them to share the tree with their clan. Instead of returning to the loneliness and darkness of their cave home with all the fruit they could ever want, they opened their hearts and left some nuts for their clan members. Many weeks later, when the time came for the clan to go to the brother and sister and thank them for the fruit, the mañe'lu told their clans-people about the old woman and how, thanks to her kindness, they had been given this tree of life. "We must always care for the tree," said the sister. "For it is through our kindness and caring that the tree takes care of us," added the brother. When they all returned to the shore that day, instead of seeing just that one tree, the clan saw that this mother tree had given life to other coconut trees, all of which had grown in number along the seashore, each one yielding many fruits.

That night, the clan went to sleep full from the sweet clear liquid and the delicious fruit from the blessed tree. In the time that followed, their growing knowledge of the tree helped them live lives away from their caves. They made new homes from its strong trunk, and wove their roofs and guåfak to sleep on from its leaves. They burnt the nut's fibers for fire and warmth. The fruit was used in food and for oils. Its roots ground and made into medicine.

With the clan forever sustained by the tree of life, they cultivated and cared for these trees with the same love that the mañe'lu showed to their nånan biha. The coconut tree, like the biha, gave the brother and sister new life, gave life to their clan, and provided for all who lived and cared for it.

I trongkon niyok is not a loud tree; it does not sparkle in brightly colored blossoms; it is still and quiet, modest and thin – leaves, sparse in their appearance; all masking the legacy of an abundance of life, the legacy from our nånan biha.

KAITLYN B. MCMANUS

A STORY OF LOVE AND SURVIVAL

THE LEMMAI TREE

In the days after Fuha rock and the first people were formed, two clans settled the north and south of the island. Two of the strongest and smartest men were selected to be caretakers and leaders of these clans. These two, who were brothers, ruled the island peacefully. The younger brother took care of the southern half of the island, while the older brother established his rule up north. In this way, the two clans thrived for many years, living off the land, prospering and growing families and friendships.

However, after so many years of living off the bounty gifted by Fo'na and her brother, the southern people sensed a shift in the direction of the winds and wondered when i trongkon niyok would bear fruit. The rains refused to come one season, and then another season, and another. And the heat refused to leave one season, and then another season, and still another. Without the rains and without the cool air, the mahi and the wahoo were thrown off the natural course of their cycles; they stopped swimming in the southern waters. And with all of these marked changes, the southern kingdom found itself on the verge of famine.

The concerned women of the village struggled to perform their daily tasks in the midst of all these unnatural rhythms. These southern maga'håga met with each other and decided what needed to be done. They met with the southern chief, who listened intently to their concerns, their worry about the suffering, their fear of needless and impending death. The maga'håga gave him counsel: he needed to leave the south and find food. It must be his goal, they advised him, to seek out other food sources – maybe the trees were blossoming elsewhere on the island – and thus, he must travel as far north as he could. The chief respectfully agreed with the maga'håga. Maybe the north had rain and trees that bore fruit. Maybe the mañåhak found refuge in the cooler northern waters. If he couldn't find food, he knew his older brother would gladly share whatever bounty he and his people had with the people of the south. He was certain of his brother's generosity, certain of their great love for each other.

So the southern maga'låhi and three of his strongest men packed very little food and prepared to travel north. No one from the village had ever traveled so far before and no one knew what to expect. The southern maga'håga advised the chief to bring along a makåhna, who would be sure to utter the proper blessings and prayers throughout the journey, as the need might arise. "You may have to communicate with our ancestors," the maga'håga insisted. "You may have to say prayers or make offerings." The chief nodded solemnly in agreement.

When the day came for the journey and the group of travelers made their way out of the village, the maga'låhi was stopped by his three young children. With their little packs of food and little spears, the children, two boys and a girl, pleaded, "May we go with you? We can help find food." The southern chief thought for a second and looked at his three young children, smiled and said, "Well, maybe now is the time for you three to journey with me." The maga'håga blessed them, and with that, the three children, the makåhna, the three strongest men in the village, and the southern chief made their way north to save their village.

Their journey was not promising. Trees along the jungle path were thin, branches were drooping. The grass in the higher plains was still beautifully long, but brown and stiff, no longer bending gracefully with the wind. The soil, cracked and thirsty, was no longer a rich, dark brown. The landscape will surely change, the men each desperately thought. The children, despite sensing the tension in their elders, stayed hopeful, as young children have the gift to do. Everyone's hope grew when after two days of such tragic scenery, they reached the narrowest point of the island.

They marveled at seeing both shorelines at the same time. The coasts were so close together, so narrow, that the travelers knew an enchantment must have caused this carving of the land. As they took some solace in the ocean's beauty, in the possibility of a blessing that could save their lives, they noticed figures on the horizon beyond them, figures at times obscured by brown sword grass.

The travelers counted seven small figures coming from the opposite direction, from the north. As this new group of travelers came nearer, the southern chief planted his eyes on the most imposing one in the group. He saw arms as thick as tree trunks and a forehead as wide and round as his own. As this new group approached, the southern chief recognized very well that proud gait; he remembered copying those movements, hoping to grow up to have a similar walk. The southern chief knew at once who the figure was. His brother was walking with three other men and three young children, two girls and a boy, probably his very own. When the travelers finally met up, the young cousins rejoiced in meeting each other. Most of all, the brothers rejoiced in seeing one another after so many years apart.

"Brother, why are you this far south?" asked the younger chief.

"I am traveling south to look for you, che'lu-hu. My people and I have grown hungry. The trees are not bearing fruit. The land creatures are dying. The fish are not coming to our nets. The land is withering away. Soon, so will we. My hope is that you will help us save our people. But you? Why are you this far north? Had you heard of our crisis? Were you on your way to help?"

The big and hopeful heart of the southern maga'låhi broke into many pieces when he answered his brother with words that he knew would be very hard for the northern chief to hear. For all the joy the young children felt at meeting their kin, the brothers and the other men could not hide their despair. The nighttime turned somber. The six children were given the little food that was left. They were then made to sleep while the adults stayed frightfully awake, silent, hopeless, joyless, and worried about the future. The brothers, as smart and as strong as they were, could not find a way to solve their shared problem. It was a very long night for them.

When dawn broke, after very little sleep, the brothers went to wake the children to prepare them for the long and sad journey home. But upon calling for them, the children would not move. They would not open their eyes. The fathers each approached closer. "Lachaddek, we must journey home children!" But there was no movement. The makåhna from the south and the makåhna from the north looked at the still bodies, touched all of them, shook them gently, then harder. The fathers bent closely, held their hands to their children's mouths. There was no warmth, no breath. The fathers caressed the arms of each of their children and ran their fingers along each little cheek. Every time, the skin felt cold to the touch. All six children had died during the night. The fathers fell to their knees, their kinsmen standing behind them in horror. "How could we have let this happen?" they all cried to themselves. Throughout the night they recalled how not a single child made a sound. Not one of them mumbled or complained in pain. What was this curse? The makåhna siha of north and south looked at the maga'låhi siha and said, "Fear not. Look at their faces. Your children did not die in pain. They did not suffer. See?" They pointed at one of the children. "See how she smiles. Their deaths were not due to ancestral displeasure." The fathers heard their healers speak, but were inconsolable at the loss. The makåhna of the north said, "The ancestors have their reasons, and we must abide by them."

It was decided that these children would be buried exactly where they were, at the midpoint of the island, where south met north, where east coast almost met to touch the shores of the west. The fathers felt that this place would always be the marker for their precious six who came along on the journey to help their people. The kinsmen searched for lime to quarry, to fashion the haligi and tåsa for six latte for the six children. The fathers wiped each of their children's bodies and took their little spears and slingstones to be buried at the foot of each latte. For three days, the makåhna siha prayed to the ancestors, arranged the burial preparations, and prayed for help and healing. The northern and southern chiefs stayed reverent in their mourning, and often spoke with each other:

"Oh, they would have made splendid leaders!"

"Oh, they would have made splendid mothers and fathers!"

They shared memories of their children. And they spoke about the sadness they felt. And in three days, because of their strength and grief and love, the strongest men from the north and south fashioned i acho' latte in that short time. On the third night, the tired and sad men slept each one to a latte. They laid their heads at the foot of the stones. The fathers sobbed silently. Then, spent from the grief that had spilled onto the land from their hearts, the two brothers slept for the first time since their children's deaths.

That next morning, the brothers, still lying on the ground, opened their eyes to the sound and feel of still air, to a windless silence. Their hearts beat fast in the strange, chilly, morning air, in the absence of birdsong. These strong men, who had never feared anything, shuddered from where they lay, the hairs on their arms standing on end. When they finally got the courage to get up and look around, they all gasped at what befell them. Next to each of the six latte stones stood six beautiful, fully grown trees, as tall as they were wide with leaves bigger than the hands of the grown men. Scattered upon the trees, hanging off each one of the many branches, were what had to be fruit. They looked to be the size of a child's head. "Is that …?" the brothers wondered to themselves. No one spoke, except the makåhna siha. They offered prayers of thanksgiving to the ancestors, to the children. They prayed over the trees, a miracle offering from the children.

The men stood staring at the fruit – it was the color of the sun and the green grass mixed together. None of them had ever seen a fruit that color. As they walked up to the trees, they each held a fruit in their hands, careful not to twist it off from its branch, instead paying attention to the feel of it. Its little body was covered in tiny, coarse bumps as if to protect it from damage, as if the fruit were built to survive a long journey home. Although the fruit was not beautiful, to these men, it glowed with the beauty of the sun. After the makåhna siha blessed the fruit and offered six to each of the six children, the men moved to break open the fruits, not even thinking about the possibility of poison, for how could a miracle borne from the graves of these children be anything but wholesome and delicious and good.

The travelers ate until they could eat no more. It tasted sweet and peeled off in pieces, begging to be shared. It felt creamy and smooth on their tongues. The fruit, unlike any other fruit these men had ever known, gave all of them, it seemed, a renewed strength and purpose. They felt ready and excited to journey back home. So after mourning over their children and feasting on this miracle, the brothers held onto each other for a long time. They did not know when they would next meet; they did not know how they would tell this story to their women, to their respective villages. They did, however, know that as they bid farewell to each other, their survival was due to the love their children had for them. Among all who journeyed north and all who journeyed south, these children possessed the greatest strength of all.

After many goodbyes, the fruit was joyfully brought back to both villages, and the people welcomed each group home with both sadness and celebration. Both the northern and southern villages planted their own miracle trees, and the trees grew and thrived, ending the time of famine and saving the lives of the island people. And that is how the children of the north and the children of the south took the love between mañe'lu and caused that love to multiply into a bigger kind of love, a love that spread as far and as wide as the branches of the lemmai tree to feed all the people on the island. It is said that famine can never hurt the island of Guam as long as the lemmai tree stands and provides.

Tomoe Tani

THE COW AND THE CARABAO

Cow and Carabao were great friends but had some difficulty trusting one another. Some say their trust issues developed when both of them belonged to the same farmer. In those days, neither of them wanted to be turned into kelaguen, that was for sure. So, worried for their lives, they each displayed to their owner their capabilities as beasts of burden. Cow had a difficult time proving her strength, because although she was bigger than the other animals, she was by her estimation a tiny bit smaller than Carabao. And while she was only able to carry very few loads, she was far more nimble than her counterpart, a matter of which Cow always made sure to let Carabao know whenever she arrived at a destination first. She'd toss her head up in the air, moo loudly, and repeatedly tap at the dirt, shaking up the dust in the road, very grandly announcing her arrival to whomever could see her, glancing very prettily at that big beast, himself, lumbering toward her, guaranteed to be far off in the distance. Then, when Carabao arrived inevitably second, he made sure to sidle up right next to Cow so she would hear the farmer's amazement at the amount he carried and at how much time he had saved. Carabao may not have been fast, but he was sure to carry a load safely and securely to its destination. Oh, but Cow never had to worry. The farmer knew that her true value lay in her milk, which was sweet and could be traded for the best fish or vegetables. In these ways, their survival on the farm was ensured.

Unfortunately, by the time they each realized their unique value to their owner, it was too late for them to change the competitive nature of their relationship. It seems these two became so accustomed to their rivalry that toward the end of their stay at the farm, both Cow and Carabao resorted to squabbles over the more superficial aspects of their existence – whose eyes had longer lashes, whose hooves stayed remarkably cleaner and who had fewer flies buzzing around his or her tail. Thankfully, it was in this way, too, that both Cow and Carabao were able to develop their friendship. One would mention how brilliantly the sun's rays reflected off of her or his skin and the other would snort in disbelief. Pretty soon, the disbelieving snorts gave way to giggles and laughter at their shared silliness, and then to more serious conversations and complaints about their lives on the farm. The two found that they in fact liked each other very much. They were able to maintain their friendly distrust, their amiable competition, even after the farmer had sold each one of them to different farms. Luckily, the farms were not too far from one another, and Cow and Carabao managed to meet up with each other on days when no loads needed carrying and the milking was all done.

On one of these days, the two met and decided that it was too hot to do anything besides swim. Now, Cow and Carabao had gone swimming with each other a few times before, but since they had this natural inclination to distrust one another, they had developed a sort of ritual to their sunbathing activities, a ritual designed to guard against any competitive nonsense from the other. So, when they got to the river, they immediately went to their respective trees to undress. Cow initially claimed i trongkon niyok for herself, because of its built-in security measure of falling coconuts. Carabao envied Cow's coconut-falling security system, but he was satisfied that his banana leaves were large enough to protect his hide from any sudden rainfall. If needed, the shade would provide immediate respite from the glaring heat of the sun.

Beneath their respective trees, they each very carefully removed their skins. Cow folded her hide nicely and neatly, careful with the creases she made; the hide was tough to fold, coarse and scratchy, but it protected her from bug bites, and she admired the color – the deep, deep brown of the earth. It wasn't often she was able to stare at her skin from this perspective, she thought. She carefully placed it under the protection of a coconut tree by the bank, keeping Carabao in her sights the entire time.

Carabao, on the other hand, had a hide as creamy white as the clouds in the sky. To annoy Cow, Carabao would often liken the color of his skin to the sweet milk Cow produced. He, too, knew to take good care of his skin and folded it very nicely and placed it beneath the banana tree, keeping Cow in his sights the entire time. After this ritual of undressing and folding and placing, they each took their exposed pink bodies and finally immersed themselves in the cool river. Once in the refreshing water, the two skinny-dipped happily beneath the hot afternoon sun, laughing and playing, only every now and then stopping to look at each other out of the corner of their eyes, checking to make sure the other one was not up to anything. They swam and played like this through the waning of the afternoon, never thinking once to glance not at each other, but at their precious skins.

As dusk approached, a young man on his way home came upon the bathing beasts in the river. "What a strange sight!" he observed of the two frolicking animals. "What is this enchantment?" he wondered. Stopping in his tracks, seduced by their laughter, he moved closer to the riverbank and spied on the creatures for a moment longer. The young man observed the area around him with some fear and suspicion. Could there be duendes hiding in the nearby trees? Taotaomo'na? He shuddered, took in his surroundings more keenly and then noticed the coconut and banana trees and what looked like animal skins beneath them. Feverish from the excitement and strangeness of the moment, the young man impulsively decided that of course, he must be here for a reason and that maybe, just maybe that reason was to play a trick on these two animals. He thought, "Why not take full advantage of this magic?" So the young man quietly snuck over to the coconut tree first, took the carefully folded gray bundle beneath it, and placed it under the banana tree. Then, he took the carefully folded white bundle beneath the banana tree and placed the soft hide under the coconut tree. This prankster, worried about getting caught, slid off into the darkness hurriedly, not waiting to see the results of his mean trick. Further down the path, he let loose a loud booming laugh and chuckled all the way home, imagining what he would see the next day.

The sinahi moon had risen high in the sky when Cow and Carabao decided they were tired and it was time to go. They got out of the river, went to their respective trees, and put on their nice and neatly folded attire. The moon was not bright enough for them to see that their hides had been exchanged. And the two, too drunk from conversation and laughter, went home happily without competition, without a care in the world.

In the morning, Cow woke up feeling out of sorts. When she went to pasture, her movements were slow, her gait was heavy. She walked around her farm without her usual nimble gestures. She felt as if her farmer had loaded her down with a burden to carry. How was this possible? Cow lumbered along sluggish and unsteady. Her skin was hanging loose off her bones. Similarly, at Carabao's farm, he awoke feeling miserable. Instead of feeling loose and wobbly, he felt as if he were being squeezed; his entire lumbering body was stiff. His joints popped back and forth so quickly as if wound on a spring. But once he became accustomed to the tightness of his skin, his muscles felt compelled to burst out of it. He ran, racing faster than the other carabao near his home all the way to Cow, who looked at him perplexed.

"You have my hide on!" Cow cried. "My beautiful, beautiful hide!" And Carabao saw his milky white skin hanging limply on the bones of Cow and laughed! "It is right that you have the milky skin," said Carabao, who had already fallen in love with the feel of his new self. "The outside of your body matches the inside. The skin you carry will remind people of what you are capable of making, and my skin will help me carry my loads more quickly." Cow wondered momentarily, "Is he trying to deceive me?" But because of her friendship with Carabao, Cow was able to consider his perspective. "Perhaps you are right, my friend. Maybe just by looking at me, people will think of the sweet milk I make." And Cow was ok to temporarily let him borrow her hide.

The two stared at each other in amazement, getting used to the little bit of each other that they had acquired. Eventually, Cow grew to love the attention she was getting for being so pretty, and never once tried to get back her skin. However, whenever they went swimming, they were both careful to always swim with their clothes on. And what about our trickster? Had he ever seen the outcome of his prank? If he had, he would have been disappointed to see two dear friends, again, too drunk from their conversation, from their laughter, swimming in the happiness of their renewed selves, without competition, without a care in the world. To this day, the descendants of Cow have skin the color of their milk, and the descendants of Carabao are the swiftest beasts of burden on the island.

THE KO'KO' AND THE HILITAI

Little hilitai was born into a cave-dwelling lizard family that cared for her very much. Her nåna nurtured her and made sure to shelter her from the dangers of the wild world of the jungle outside their cozy home. Every morning and night, as that little hilitai's nåna cleaned her and fawned over her, she would coo, "You are the most beautiful hilitai in the jungle, my precious baby. Your singing is the most beautiful sound in all of the land." Little Hilitai would smile—smug, satisfied, and secure.

When the time came for Hilitai to meet the world, her nåna worriedly reminded her of a long list of things to do for her protection and care. "Hagå-hu, use your speed to hide. Use the sun for energy. Use your tail to fight. There are beasts outside our home that will want to hurt you."

"Nåna doesn't need to worry," thought Hilitai to herself. "The world will be happy to see me!" In truth, Hilitai was excited to meet the sun and feel its heat on her skin. She was eager to climb the highest trees and scamper over their limbs and to inhale deeply the living scent of fresh leaves and grass. So she scuttled out of her cave home, down the jungle path, and when she was too far to see the entrance to her home, she stopped and looked around her. Hilitai sang from deep in her heart a greeting to the sun and to the outside world. She slowed her scuttling to a leisurely and casual stroll, continuing to journey away from home. As she ventured deeper into the jungle, she sang to the things she found: to i flores gaosåli, to the leaves of i trongkon lemmai and i trongkon niyok, and to the blue of the sky, oblivious to everything except what she was able to see in front of her.

Hearing the singing, a tiny chichirika immediately flew to find the source, wondering who would have the nerve to disturb a perfectly peaceful morning. Chichirika hovered over Hilitai high enough to be taken for a little fluttering cloud. The bird flapped her wings furiously, trying to stay suspended above the lizard. She wondered, "What is this lizard doing? Why is it singing so loudly?" She observed Hilitai and hung about her listening for some time, but when Chichirika grew tired of this game, she finally spoke up, annoyed. "Your voice is lovely enough, little Hilitai, but you are not very pretty to look at." And the chichirika laughed, its piercing little chirp crying out "ugly Hilitai" as it flew away.

And pierced it did: little Hilitai's heart was stabbed all the way through. She was stunned. What was this about not being pretty? She immediately stopped singing and noticed a pain inside her chest crawling up to her throat. "What was this pain?!" Frustrated, her tongue flew rapidly in and out of her mouth. For the first time in her life, Hilitai was presented with meanness, and this meanness presented a problem, and the problem caused Hilitai to want to hurt that silly bird. But the silly bird was gone and now Hilitai just wanted the pain to go away.

Hilitai did some dirt kicking and grass stomping all the while hissing as loudly as possible before her feelings subsided, calling to Chichirika, long gone, to come back and to try to say those words to her again. After her anger subsided, Hilitai was left with another feeling she didn't recognize. She lay motionless on the ground, exhausted from her outburst, absorbing heat from the sun, her legs and body unwilling to move, her heart heavy. And then more confusion overtook her: how could something so wonderful like being in the sun not fix the way she was feeling? Hilitai was pinned to her spot. All her energy was suddenly drained from her. She longed for her cave.

As Hilitai lay outstretched, fretting over a solution and quite uneasy in the sun, a ko'ko' bird walked carefully past her. Hilitai didn't see her, but Ko'ko' had heard from far away the ruckus of the stomping and the kicking and the hissing. Ko'ko' was hoping Hilitai would cry, for maybe that would make her feel better. Ko'ko' trotted past her again. And again. And pretty soon, little Ko'ko' trotted confidently in circles around Hilitai. Ko'ko' was curious. She, too, had been warned by her nåna to stay away from beasts who looked dangerous and to flee as quickly as possible whenever one was near. But she wouldn't flee from this one. This little beast here, which looked like an eel but uglier, was not even interested in her. In fact, Hilitai looked like she was frozen in time, staring into space. "What's wrong with you?" Ko'ko' asked, growing impatient. "Are you sick?"

"No, I'm trying to figure out how to stop a pain I have that I can't see. I am very confused. How can one have a pain that doesn't bleed?" Hilitai responded as if speaking to a Ko'ko' was the most natural thing in the world.

Ko'ko' grew more curious, "Oh please, please let me help you stop this pain. Where is it?" Ignoring the question, Hilitai needed another opinion and so asked her new companion if she was pretty, then added, "Oh, but you can't answer that; you aren't very pretty, yourself." Hilitai was not being mean. She didn't know how to be mean. She was merely being honest. "You can't know very much about beauty, I guess."

"I see beauty every day," Ko'ko' responded, indignant at Hilitai's words. She had been away from home a lot longer than her new friend. "Are you or are you not in pain? What is this talk about 'pretty'? I am so confused!" At this point, any sensible nåna would usher their child away from this situation and remind her to leave people to their business. But Ko'ko' was kind and brave, in addition to being dreadfully curious, so she ignored the voice of her own mother in her head and kept prying.

Hilitai heard the distress in Ko'ko's voice and craned her long head to look more closely at this, well, this new friend, who wasn't mean, someone who was offering help. So she took a risk. "Well, a flying creature smaller than you told me I was ugly and immediately after that I felt pain."

Ko'ko' looked at Hilitai carefully. You see, Ko'ko' understood the desire to be beautiful. Although she had beautiful feathers, she was brown. Brown as the dirt, and thus her beauty was muted as she traversed the jungle floor. Ko'ko' also noticed that Hilitai was brown. As brown as the cave she dwelled in. But not only that, Hilitai possessed a very disturbing (at least to Ko'ko') long tongue that spurted suddenly out of her mouth as she talked. "Yes," Ko'ko' thought, "Hilitai is not very pretty." But as she was thinking, and because Ko'ko' was indeed a bit more worldly than Hilitai, she came up with a solution that would help all parties involved.

"I know what to do, Hilitai." Ko'ko' offered. "We will take one of my feathers and I will paint you. I've seen some beautiful green moss on the rocks over by a river that isn't too far from here. I have seen that green and let me tell you, if the sun could choose a color to be, the sun would choose this green! And then after we paint you, you can paint me the color of the red achiote seed. I will gather all the materials, so all you really have to do is wait for me to return."

Hilitai only had to hear the word sun and was convinced that yes, she wanted to be this green, and yes, she would do whatever she had to do to become beautiful.

Ko'ko' worked hard to gather the materials. She went to the riverbank and used her talons to collect all the moss from the rocks. The moss, with their different hues of green, would provide Ko'ko' with a gorgeous palette from yellowish greens to the darkest verdant hues in the jungle. She knew that Hilitai was so low to the ground that she should blend in with the world around her. For her very own feathers, Ko'ko' thought of the sky and of all the things she couldn't ever reach, like the sun and the friendliness of the clouds above her. Ko'ko' wanted to shine! She dug up the roots of the noni tree and pecked at them until she had enough of their yellow juice to carry back with her. She gathered achiote pods and picked at them to take their seeds. She went to the limestone forest to quarry the white, powdery lime. Finally, she went to the ocean shore and used her talons to gather the shallow water spume. At the ocean, she carefully scooped up water and carried it in her narrow beak, for Ko'ko' very creatively knew exactly what was needed to make the colors work.

Back at their spot, Ko'ko' worked to mix the colors. She blended the åfok with the white froth from the ocean to make a milky white paint. She took her sharp beak and pecked at the achiote seeds soaking in water until they released the prettiest orange-red hue and mixed that beautiful orange-red with the noni root juice to yield the color of the sun. For Hilitai's colors, Ko'ko' soaked the dark green moss to make a deep-hued jungle green, and then created a soft, sun-kissed green using the pale-colored moss. She smiled at her brilliance. "The green looks kissed by the sun! How perfect for the lizard," thought Ko'ko'. Hilitai, watching her work, scurried about, looking for sticks for stirring, and empty coconut shells for containing the paint. At the very end, Ko'ko' allowed Hilitai to very carefully pluck two of the bird's longest feathers. The two friends looked at all the colors on the ground and they grew nervous.

"Ok. I'll paint you first, because I have a plan for your colors already. And honestly, I'm tired of you moping about in your sadness," Ko'ko' teased. In truth, Ko'ko' was too nervous to let Hilitai paint her, and Hilitai was too nervous to start painting first. Ko'ko' continued, "Plus, you're the one who is suffering so." In truth, all the activity with her new friend had improved Hilitai's mood incredibly.

The bird spent the rest of the afternoon painting every nook and cranny of Hilitai, first with the beautiful dark shade of moss green, and then with the lighter, almost pale yellow moss she found near the deep-green moss. The yellow-green shade Ko'ko' carefully painted as delicate dots along the back and tail of Hilitai. Ko'ko' was very careful to place these dots evenly across her friend's back. When the painstaking task was over, Ko'ko' stopped, stepped back and admired her work. Hilitai was impatient. "How do I look?" she asked. "What did you do?" She twisted the top half of her body and saw the lovely dots and the new shade of green that she had on and Hilitai sang. Her beautiful song filled the valley. Ko'ko' was pleased with her work and raised her chest very proudly. She now handed the other feather to Hilitai and said, "Yes. You do look lovely, but now it's my turn. And we must hurry, because we are losing light."

Ko'ko' had to give instructions: "Use the white first." Hilitai, preoccupied in her new skin, stretched her head to her left, to her right, and back around to her left, all the while staring at her lovely, tiny dots. While admiring herself, she grabbed the feather and absentmindedly dipped it heavily into the milky white paint that was so lovingly made from the lime and the ocean spume. Hilitai, while turning her head to admire herself, loosely held the quill in her tiny claws, and as she made to beautify Ko'ko', as she took the quill and aimed for her friend's exposed brown breast, Hilitai decided to take one more quick glance to her left to see her yellow dots and the deep, deep green of her new skin. But as she did so, the feather quill slapped thick coats of white paint onto the breast of Ko'ko'. The thrashing caused long white stripes, almost like gashes, across Ko'ko's wide chest. Some of the paint splashed upon the poor bird's beak and that was the moment that Ko'ko' shrieked, "What are you doing?!" Hilitai, shocked by her friend's tone of voice, dropped the quill suddenly. Upon seeing the paint splatters and splotches on the bird's back, Hilitai felt another pain she didn't know (we can call this one guilt) and scampered all the way back home to her safe cave.

Poor Hilitai. She didn't mean to mess up her friend's coat, but she was just so excited about how pretty she looked that she wasn't thinking about anything or anyone else.

Poor Ko'ko'. All that hard work for sloppy white stripes. She had all that lovely color and no extra claws to help paint her. Angered, sad, and feeling betrayed and disrespected, she decided to get back at that lizard. She sat and thought and asked herself, "How can I give her back that pain she felt earlier?"

That night, when Hilitai was asleep in her cave, not so close to her nåna anymore, Ko'ko' approached her. She waited patiently for Hilitai's tongue to make its appearance. It was bound to come slithering out, she was positive. And sure enough, Hilitai's long, thin tongue unfurled during one of her little snores. And when it unfurled, at that moment, Ko'ko' took her sharp beak and split that tongue almost all the way in half.

Hilitai yelled, "Aiiiiiii!" But all that came out was the sound of guttural croaks. Ko'ko' jumped up and down and laughed as she said to her rival, "You may be a very pretty looking Hilitai, but thanks to me, you will never sing your beautiful songs again!"

And how does this sad story of friendship-gone-awry end? To this day, descendants of Hilitai croak shrill, ugly songs in their beautiful speckled skin of green while the descendants of Ko'ko', who carry the splattered white stripes given to them so carelessly by Hilitai, hide their eggs from the vengeful eyes of their now, forever-sworn enemy.

SONNY CHARGUALAF

OKKODO

The beloved Maga'låhi of Luta lay on a guåfak surrounded by his family, the maga'håga and makåhna siha and the younger chiefs of the island. He lay sickly, unable to move, barely able to speak, and with the bad omen of a coming storm—high winds, thunder, lightning and sheets of rain. According to the makåhna, there was little hope. While the storm winds blew all around them, the chief's wife and daughters started the preparation for his death and lay his beloved stone implements and weapons around him in preparation for burial. The lesser chiefs, who loved this great leader very much, from time to time stepped outside to counsel with the makåhna, to urge these spiritual guides to ask the taotaomo'na for a cure for their leader. And it was during one of these counsels that one of the younger chiefs spotted a såkman bobbing up and down on the monstrous waves in the channel, fighting the winds to stay on course, for surely the craft was headed for Luta. A younger chief quickly summoned the makåhna and the other chiefs to watch the såkman arrive. And they all unequivocally agreed that if the såkman could brave the wild surf, the unpredictable currents in the channel that lay between their island and the island of Guåhan, then within it must be the cure for their chief, a gift from the ancients.

The såkman expertly arrived on the shores of Luta, while the crowd held its breath waiting for the navigator, who happened to be the big and strong Okkodo, a chief of northern Guåhan, to step onto the beach.

Although the people of Luta thought Okkodo might be the one to save their chief, Okkodo himself had only one goal: to make one of the chief's daughters his wife, for his daughters were famed for their beauty. And Okkodo felt that he, the brave and cunning chief that he was, deserved a most beautiful wife.

The crowd gathered around this Okkodo, so tall and muscular, and not even a little bit tired from his journey. As he smiled, his white teeth gleamed through the rain. He most definitely, they were sure of it now, was the godsend they needed. The lesser chiefs informed Okkodo about the sad state of their beloved, dying chief and how the makåhna had been praying for a cure. They expressed their hope that he, Okkodo, was sent to bring life back to their chief. And they wondered what he would do first.

Okkodo, single minded in his goal, saw the chief's dying condition as a rare opportunity to get what he wanted with as little work and stress as possible. "I am very sad to hear this news, but I now know why I felt the need to set sail today. Quick! Take me to your chief," Okkodo's voice boomed loud and confident. He was soon escorted into the very grand åcho' latte home of the chief. Upon entering, Okkodo noted the dying man's daughters, all of them with their heads bent low in respect for their father and their thick manes of deep black hair falling to the ground, exposing the smooth brown of their round shoulders, the coconut oil sheen glistening off their backs. But it was the one who peeked up at him, the one with the mischief in her long-lashed eyes, who caused a stirring deep inside him. He pretended not to notice her, though she was very beautiful indeed.

Without speaking to any of the people in the home, he looked off into the distance and yelled into the air, "What shall I do?" Okkodo closed his eyes, lifted his gaze, and faced toward the sea, the wind whipping through his long hair. The crowd murmured quietly around him, wondering what the ancestors were saying to him. Some strained their ears to hear through the howling wind and swore they heard the sounds of disembodied voices, of singing and even chanting.

"Yes. Yes. I understand," Okkodo spoke his answer into the wind, his eyes still closed, his face still raised and facing toward the east. But his eyes were squinting. "Yes. Yes. I promise. But how…?" His booming voice trailed off weakly. He made as if to swoon. The crowd around him gasped. Okkodo then opened his eyes to speak to them: "I must go into the jungle. With our ancestors' guidance, I will be shown a plant, maybe an herb of some type or a flower." He placed one hand on his temple, grimacing. "I'm not sure now, but with the guidance of our ancestors, I will know it. I will bring it back, and when I do bring it back, it must be made into a tea, and that, good people, will cure the chief." Okkodo fully snapped out of his "trance" and barked orders at the people around him. "Preparations must be made. Lachaddek! Give me what the ancestors require. Bring me freshly roasted lemmai; boil some bananas in coconut milk, wrap up some fish in the leaves of these bananas. And please, I must have a decent supply of manha water." The people of Luta scurried about to start the preparations. The younger chiefs looked at him in awe.

Okkodo, however, was not finished. "Wait! You haven't heard the most important thing: I cannot be the one to touch the medicine. The ancestors have warned me that my touch will weaken the power of it. I promised I wouldn't. They said the one I must bring is the daughter who laid eyes upon me when I entered. Yes! The one who saw me. She is the one who has been chosen by the ancestors to touch the plant." And Okkodo glanced blankly at all the girls until the long-lashed one, still sitting by her father, lifted her head to look at Okkodo for the second time. And he more clearly saw this time, her lips, full and red, and her deep, brown eyes, so teary-eyed now that Okkodo had to fight a smile knowing that very soon her eyes would be filled with something other than sadness.

The daughter slowly stood up and the younger chiefs went to retrieve her. She was the dying chief's favorite. She braved the howling wind and rain to help Okkodo carry the baskets of provisions into the jungle, walking alongside and glancing up in admiration and hope at the big, beautiful, strapping, muscled, and strangely blessed Okkodo.

Okkodo and the chief's daughter were gone for days. The storm subsided, the winds quieted down, the rain stopped, and the chief had fallen into a deep sleep. His eyes were no longer open and his wife and remaining daughters openly wept for their husband and father. There was still no sign of Okkodo and the favored daughter. The makåhna and the younger chiefs were driven to such desperation that they walked to the jungle's edge, at the very entrance where the two had left days ago. They cried out to the taotaomo'na, "Oh please keep our Chief alive until their return!" And as if by miracle, the daughter stepped out into the clearing to face the chiefs. Overflowing in the same baskets that carried their provisions were herbs and flowers that came from deep within the jungle. The chiefs assumed that the smile on her face was a sign of her hope and happiness, but only the makåhna noticed the glimmer of her skin; it seemed to shimmer unusually bright in the noontime sun. The girl was radiant.

Okkodo, who was following behind her, instructed the people there to quickly take the baskets from the girl and make the tea. A crowd of people reached for the baskets. Another crowd ran to prepare the water. Amid the chaos of help, Okkodo yelled out instructions: "As the water boils, put all the herbs and flowers into it at once. Boil the tea for the entire time it takes for me to get back into my såkman. For my presence here," at this point Okkodo looked at the makåhna and the younger chiefs, "weakens the tea's power. I cannot be on the island for the tea to work." The makåhna nodded knowingly. "We must work quickly now!" Okkodo ran to his såkman and made ready to sail.

The younger chiefs walked to the shore to keep watch over Okkodo's såkman and to express their deep gratitude to him for his great gift. And once the såkman's sail rose upon the crest of the first wave, the chiefs raised their hands to signal to the makåhna to stop boiling the tea and prepare to serve it to the chief. Okkodo was on his way back to Guåhan and the younger chiefs yelled their appreciation to him.

In the great åcho' latte house of the chief of Luta, the makåhna gathered around him with the tea in their hands. They gave the poor, comatose chief every last drop of tea they could cull from the plants. The crowd pulled in tighter around him, praying and muttering their hope and gratitude under their breaths. The magnificent and proud chest of the great chief of Luta rose and fell one time, two times, then rose and quivered and when it fell, it never rose again.

The younger chiefs roared in anger and ran as fast as they could to the shore. The såkman was still within earshot. They could make out the tall, muscular build of the charlatan, Okkodo, but also noticed a smaller figure, a lovely longhaired figure, who seemed to be anchoring herself to the big man. And if the younger chiefs could have taken a closer look, they'd have seen the enamored gleam in her eyes and the satisfied smile on her lips as she glanced at her new-found love. But they knew even without a closer look that it was indeed their chief's daughter. And so the younger chiefs yelled out in bitterness, "What medicine do you have for a dead man, Okkodo?"

Okkodo replied, "Nothing. But bury him or he'll stink!" Okkodo laughed hard, holding the beautiful daughter of the chief of Luta tight in his arms.

The younger chiefs, who were reasonable men saw the folly in wanting to escape from the inevitability of death. Thus, how angry could they be at someone who, if only for a moment, gave them a little rest from the despair of sadness? Such was the case for the daughter, who abandoned her sorrow in the arms of charming, inescapable love.

JACK LUJAN BEVACQUA

JUAN MÅLA

Juan Måla woke up hungry in his shack next to the Hagåtña swamp. He walked barefoot all around the dirt-floor of his home, lifting up the pandanus mats, looking for pesos. He counted ten. And telling his growling stomach to quiet down and stop worrying, he pulled on his only pair of cut-off pants and walked down to the mud pools to retrieve his skinny old carabao. "Look here, lazy beast," he talked to the sleepy-eyed animal, "you are going to finally make me some money today." With that, Juan made his poor carabao swallow the ten pesos he found in his home. "Be patient with me beast," Juan said to the animal, "For by the end of today, you and I will both be fed!"

On the road, astride his carabao, Juan whistled a happy, morning tune, bouncing up and down to the lilt of his song. Dressed in his cut-off pants and dirt-stained face, Juan made quite a sight coming down the traveller's path. Indeed, he was a vision to a local, wealthy rancher, who was traveling the same road that morning in the opposite direction. The rancher caught sight of the happy Juan. He approached him and yelled out laughing (for what would a poor, dirty man have to be happy about, he wondered), "Lahi-hu, why are you so happy today?"

"Siñot, it just so happens that I am the richest man on island!"

Surprised, the rancher said, "Oh really? And how, lahi-hu, did that come to be?"

"Why," said Juan, "would you believe me if I told you that my carabao here has made me rich? You see, after I make him walk in circles about 20 times and then give him a sound whipping, he spits out coins." Juan patted his whip made of the spines of coconut fronds and winked at the rancher.

Naturally, the rancher was doubtful, so Juan demonstrated. Juan took his lazy beast by the rope and lead him around in circles more than 20 times. Round and round the two went, and the poor animal, who could barely walk straight by then, drunkenly lurched from side to side watching his master laughing and whistling at him the whole time. Juan kept one eye on the wealthy rancher and the other eye on his beast, and just when the carabao was on the edge of passing out completely, Juan took his whip and whipped the beast good. The poor animal was struck so hard that he threw up, and because the only things the poor creature had eaten all morning were the coins, all ten of them came spewing out as projectiles from his mouth.

The rancher stood with his eyes wide and his jaw slack at the sight of ten coins. His greedy mind was racing.

"How much would you be willing to part with this animal?" the rancher asked Juan.

Juan coyly said, "Why siñot, you couldn't expect to have me part with this carabao for mere pesos? The fact that he spits out pesos for me, well...." But the Rancher was hoping that Juan really was just a poor and therefore stupid CHamoru man. He offered Juan 10 gold coins for surely, the rancher thought to himself, that carabao would make up tenfold for his loss!

Juan, who had more of a weakness for gold than the pesos, gave the lazy, starving beast to the rich old rancher. And both men parted ways in their opposite directions, clapping hands and whistling their happy tunes. Juan whistled and walked away, perhaps just a little bit faster than the wealthy man in case he was found out sooner rather than later.

When far enough off the main road, Juan, still dirty and shirtless in his cut-off pants and full pockets, wisely thought that he should perhaps hide all his newly acquired gold. He headed for the beach, and on the way, he broke off a thick lemmonchina branch for a påla. He knew he'd have to do a bit of digging in the sand, wouldn't he?

Juan found a perfect spot on the beach with clear landmarks. He used his stick to dig up a hole and then to flatten the mound once he was done. He stamped his feet around to mess up the spot. Satisfied, Juan turned his stick over and over and tapped on rocks or tree stumps along the shore. He walked away from his loot, thinking about what he could buy with his coins. He bumped into a fisherman, who, with an empty net slung over his shoulder, noticed Juan fiddling with the stick. The fisherman, lifting his eyebrows in judgment, mockingly asked Juan Måla, "Is that stick so precious to you?"

"Oh this?" Juan held it between them. "Why, this helps me find money hidden in the ground."

The fisherman almost fell over laughing. He expressed great doubt at Juan's words. Unfazed, Juan said, "Look." He held up the stick, focused his gaze on it, and the stick, as if something were pulling it, pointed back toward the direction from which Juan came. And Juan, grinning at the fisherman, turned around to follow the stick, his arms outstretched. The fisherman ran up behind him, and the two men, guided magically by the stick, made an abrupt stop. Through some magic, the stick pointed at a seemingly random mound of sand. Of course, when Juan crouched to dig up the area, lo and behold, the fisherman stood transfixed at the sight of gold coins that had been buried beneath. Juan scooped up the gold coins like grains of sand; they fell through his fingers as he smiled at the fisherman. It was indeed a miraculous sight to behold.

"I will give you 200 pesos for that stick!" exclaimed the shocked man. Juan Måla, at first reluctant, eventually let the fisherman have the magic stick for 200 pesos.

Now with his pockets fuller than before, Juan went back to the village to buy some clothes. He needed pants with deeper pockets, and maybe even a bag for his gold coins. The shopkeeper, who knew Juan, was slightly disgusted by his filth as he walked in the store, but changed his demeanor when he saw all the money that Juan pulled from his pockets. "What can 200 pesos buy me?" asked naïve Juan, who had never set foot in that shop before. Delighted, the shopkeeper showed him some fancy European pants, and a clean, white, cotton shirt with shiny buttons. He also presented Juan with some leather shoes, "like the ones the fancy caballeros wear," the shopkeeper insisted. Juan, who only cared a little to know what the Spanish or CHamoru gentlemen wore, politely played along and asked the shopkeeper if the shoes were made in Spain. The shopkeeper said that he only carried the finest and most well-made items, as he was tying the laces on Juan's shoes. Finally, the shopkeeper brought Juan a very distinguished top hat, "To complete your look, Siñot. It will go well with the shoes." But in reality, the shopkeeper was hoping the hat would hide the fact that Juan's long, curly hair had not been combed or washed for what looked like days.

The shopkeeper, happy that Juan was willing to be rid of so much money in his store, really was trying to help Juan look his best, so he tied the wild mane back for Juan. In the mirror, the shopkeeper remarked that the white shirt with the blue pants complemented his dark skin very well. Juan was seduced as well by what he saw. With his makeover complete and his 200 pesos spent, Juan left the store looking nothing like the shirtless, shoeless dirty man who had walked in there for the first time. He now looked the part of the land-rich.

Outside the shop, the Spanish Gubetnadot came trotting by Juan on his horse. The Gubetnadot noted this gentleman, so proper and fine, and concluded that he must be one of those wealthy natives and was therefore of a reliable and trustworthy sort. "Perdon, Señor, but have you heard of Juan Måla, the trickster?" the governor asked him.

"Juan Måla!" exclaimed Juan Måla. "But of course, I know him very well. The whole village knows of him. He is shameful, that fool! What has he done this time?"

"That petty thief, always tricking people out of their money! I've never been able to catch him. But this time I've received two complaints about him today, one from a wealthy rancher and the other from a good hardworking fisherman," the Gubetnadot sighed heavily and shook his head in extreme disapproval.

Juan shook his head in unison with the distinguished man. "I am not surprised at this news, Señor. But still, how very sad." And Juan suddenly had an idea, "Señor, I know of some places where this Måla is known to hide out. His hideouts are all very far from here, but I can go and try to get him for you, Gubetnadot."

"Oh, yes please. Oh, if I can bring him to justice, just imagine how much honor España will give me," the Gubetnadot said and his face brightened immediately. Indeed, it was quite good fortune for him to have bumped into this fine young gentleman with his brilliant idea.

"If you lend me your horse," said Juan, "I will bring him back to you much faster." Juan bent at his waist in an at-your-service sort of manner, gracefully waving his arm in front of his face. The governor, overjoyed, easily complied with this request.

The villagers looked on in awe as they watched Juan slowly mount the beautiful, proud beast. The village dropped their jaws as he safely rode the Spanish Gubetnadot's horse right in front of the Gubetnadot himself and outside the village borders. The Spanish Gubetnadot clapped throughout the whole scene, yelling "Biba!" to this fine young man on his lovely horse riding off into the sunset at the horizon. The Gubetnadot imagined his award ceremony for bringing that Juan Måla to justice, but what the Spanish Gubetnadot did not imagine was that he would see neither Juan Måla nor his horse ever again.

Juan Måla now had fine clothes and a fine horse and some gold coins. He was clearly a happy-go-lucky young man, but there were a few things that irked him; one in particular, was the phony Caballero. He was known in the village as one of those mestizos, those half CHamorus, who profit from the Spanish being on island, yet who need the locals to be kind to him, to like him, to want to be friends with him. He showed off too much. He was always dressed in the finest, most colorful and modern fashion of the day. But he still managed to look bad in the clothes. He walked around the village, sometimes with his nose in the air, the brightly colored threads of his pants and shirt glistening in the sun, blinding the villagers.

But the locals knew the Caballero talked too much. "Åbladot," they'd say of him often. He'd walk the village eager to let people know just how fabulous he was. If the Caballero only barely knew a person, he would stop him and talk about how he had to turn down the prettiest girls in the village. "Did you know…" he would start off his story. Then he'd continue with, "these women just won't leave me alone." Then he'd throw his head back, laughing at the seeming nuisance of being chased by beautiful women. Any subject was fair game for the Caballero. He would talk to whomever happened to be in his path that day. Sometimes he would ask an innocent bystander, "Did you know that I've been asked to advise the Gubetnadot on certain local matters? Ai, he doesn't know how to handle the natives." The Caballero would add, "The Gubetnadot knows that I know all the goings-on in the village and that I know very well how to handle the ignorant locals."

Ignoring the deep look of insult on the face of the poor victim to whom he was talking, the Caballero would snort out a crude laugh – a laugh that if he was in the vicinity of it, caused Juan Måla's spine to bristle and his fists to ball up and tighten. Thus, as good fortune would have it, while Juan was rushing off back to the beach with the Gubetnadot's horse, he rode quickly past the Caballero, who was taking a long walk outside the village on one of his regular evening constitutionals. Juan, dismounted at shoreline, tied off his beautiful steed, and quickly got into position at the base of a steep and imposing cliff that butted the shoreline. In this instance, Juan was bent over at the waist with his arms stretched out, pushing up against the side of a tall cliff. At first glance, Juan looked as if he were going to throw up. When the Caballero finally approached the cliff, amused, nosy, and with no intention of helping him, the Caballero asked, "What are you doing?"

"I'm holding up the cliff," Juan's voice was shaky. The Caballero noticed Juan Måla's legs quivering, his feet dug deeply into the ground. He saw that Juan's outstretched arms were shaking and that Juan was breathing hard, almost panting. In truth, Juan felt he was a tad bit overdressed for the beach. Sweat beads had formed on his forehead. "No. Really. What are you doing?"

Juan repeated himself with urgency, almost yelling this time, "I'm holding up the cliff. Didn't you see me rush past you on my horse? The Gubetnadot notified me about the danger of the cliff and has held me responsible for taking care of it. If I don't hold it up, the entire cliff will come tumbling down, and what a disaster that would be for any and all passersby!" As if on cue, or as if si Yu'os gi langhet were helping Juan out, a few pebbles from up above the cliff got dislodged and fell the entire length of the cliff, landing at the feet of the Caballero, who jumped back.

Juan continued, "This cliff needs the strength of at least two men to keep it from falling. I am really running out of strength, Señor. I am running out of strength!" Juan yelled and turned his head to face the Caballero. He gasped at the sight of the gentleman. "Señor, you look strong, as if you have the power of two men! Señor, you are the strongest man I've seen!" Juan continued, "Surely, Señor, if you held up the cliff alone, it would be easy for you, and I could run back to the village and get some help for us down here!" The Caballero looked at Juan and then at his arms and thought to himself, "Of course I can hold up this cliff alone!"

Because the Caballero considered his not being informed of this village emergency as an affront to his standing among the locals, he rudely told Juan, "Move over!" The Caballero was confident in his muscles. Juan carefully removed one hand while the Caballero moved into position. Then Juan carefully removed his other hand from the side of the cliff. The Caballero dug his feet into the ground. The cliff, surprisingly, felt light as a feather to the gentleman, and without any effort, he yelled out to Juan, "Go now. Get some more men to figure out this problem! But no rush. I will be fine."

"Yes. I am sure you will do just fine," said Juan Måla smiling to himself. And when Juan untied and mounted his beautiful horse, he looked back in complete satisfaction to see that the Caballero had settled in for the long haul and was indeed very happy to hold up a cliff that really didn't need any holding up.

Thus, at the end of the day, Juan Måla had rid his village of the village jerk, earned ten gold coins, got himself fancy, new clothes, and a beautiful horse, but still had nothing for his hungry stomach to eat.

NEILL CATANGAY

THE SCENTED WOMAN

An American sentry smelled the subtle aroma of flowers. "Rose?" he wondered. On second thought he realized, no. Not on the island. Not roses. The fragrance that lingered in the air was quiet, not as sweet as rose. His nose puzzled over it, and puzzling, the scent grew, enveloping the sentry's post. "Ohhhhhh," barely audible, he sighed to himself, " Lemons." He closed his eyes and tilted his head back to inhale the earthiness of the fragrant air around him.

With his eyes shut, he didn't see from a few yards away, the softness of a misty figure floating by.

* * *

In the days of the Spanish, people talked of a mysterious woman who traveled nightly down the same mountainside near where that pretty American sentry stood protecting his military base, whose nose caught wind of her in a more modern time when he couldn't have known the origin of the scent. Really, no one on the base knew anything about the woman, and very few of the locals knew of her except the old timers, and even they were left to speculate. She was probably from Hågat, they'd say, from Hågat by the waters where she loved to swim, although she must have lived in the untamed jungles high in the hills above the village.

But once upon those long ago Spanish times, the scented woman was observed, quite often, travelling down the path from those hills for her nightly bath in the freshwater pools by the reef. The people then, as now, did not know her name, only that she came out in the evenings and that she traveled the same path without fail.

The curiosity became nightly amusement for one family who got into the habit of waiting and watching for her to approach and to later return. They lived in the only home on that hill, halfway up from the beach, ideally positioned to be her private spectators. The first time, the children saw her as they played from their yard, where they, as children do, tried to eke out whatever bits of daylight remained. They saw her walking, almost gliding, down the hill, wearing a simple white dress, her hair pinned up and knotted into a ball modestly at the nape of her neck. She was ghostly thin, and brown as the dirt they played in. Naturally, the kids wondered where she came from, who she was, what her name was. But they grew tired of their own questions even before Nåna called them all back inside. The sun had set. The children forgot.

In the house, the entire family, resting after dinner, smelled her before they saw her. "Nåna, are you cooking now?" said Tåta.

"No. It's just the smell of lemmonchina," said Nåna.

The scent of the lemmonchina used to make kelaguen, preceded this strange woman as she walked back up the hill, her hair now undone, long and slick behind her back. She was still wearing the same white dress she had on earlier, the children noticed in surprise. Had she gone swimming or bathing, they wondered. Where was she going now? And that was their first night.

And like clockwork, the family got into the habit of gathering in their yard to watch her walk down the hill and then to catch her, to guess her arrival, to be hypnotized by a scent that for all intents and purposes was mundane, but seemed like the most luxurious perfume, which followed her and filled their entire home.

The father was especially curious about the woman. He imagined that after bathing, she rubbed her skin with lemmonchina. He knew the practice was common among women – to combat the dirt of ranch life left on their skin. He imagined that the lemmonchina trees were the reason she was up in the hills. They grew wild up there, wild and in great abundance. He imagined that she picked several before her bath and that she hiked there undetected every afternoon to spend time in the wildness of the hills. He reasoned that the scent from this particular strain of fruit must be special for her, because as soon as she'd pass their home and the family caught that great whiff of lemon, his entire brood would return to their evening activities smiling. His wife would hum as she finished sewing. The children acted like appeased wild beasts, calm. Except Tåta. He was left feeling restless. Tåta wanted to know why the woman returned to the hills after dark.

One evening, after the woman passed by and the family returned to their evening lives, Tåta did not retire with them. When she walked past the shed at the edge of his property, he ran to hide behind it and to follow her path with his eyes at first. She glided past the shed and traveled further up the hill. Tåta saw that she was going back into the jungle, beyond where the kaskåhu ended. The closer to the jungle she got, the faster she moved, like she was floating. And as she approached the edge of the jungle, she seemed to be fading from his view. She was harder to follow, because it was harder for him to see her. And so in a panic, he started to run after her. She entered the jungle into a clearing, and he followed right behind her. And as soon as she stepped into the clearing, he watched her and her white dress disappear into the stillness of the night air. Tåta walked into the clearing and spun around in circles looking for any signs of her. There were none. She was gone.

***

And so our young sentry smelled her every night, and one night when he kept his eyes open, he caught sight of a thin woman with long hair dressed in a very simple, white dress, the softest color of white he had ever seen. And because he could not leave his post, he tried to figure out ways to get her to come over to him.

One night, he readied his flashlight once he caught the scent of the lemons in the air. And when she passed and he shined the light on her speaking in a somewhat harsh tone, "Halt, who goes there?" his light revealed nothing. She was gone.

REFLECTION 3

How do I begin to tell you of the spirits here, of the taotaomo'na that are all around us, of the abandoned lots or dense jungle areas that are alive with them, of the trees that keep them anchored, trees shrouded in mystery? How do I tell you of the way my aunts and uncles spoke of these taotaomo'na, of their great anxiety and excitement, of the way my father, an educated man, conversed with them as if they were flesh and blood men and women; how he asked them to please stop bothering our dogs at midnight? How do I tell you that the dogs stopped barking at midnight? Or that the feel of goosebumps when I'm in my backyard is at once frightening and comforting? How do I tell you that the ghost girl who twirls around my friend's home at two in the morning remembers the pathway upon which the living room rests, that our ancestors have memories that last long after death?

If I do try to tell you, especially if you are not from here, you will not understand. Or you will try to understand and call it Magical Realism. Or you will call it archaic and primitive. Unsophisticated. Or worse, you will call it precious.

If you were from here, you would know that the realm of spirit is wrapped up in everyday flesh-and-blood living, tied to the senses. And these deeply complex and powerful ways of knowing govern, even slightly, how you would live. Many people, if raised on this island, if CHamoru (and many times, even if not), share this knowledge, and it is unbound by age or social class, or by the number of academic degrees achieved. The ancestors call upon all of us to ask permission, to ask for forgiveness, to acknowledge, and to respect them. And they tell us through the stories they give us.

From these stories, I know certain truths: I know to ask si guello yan si guella to allow me to pass through their jungle. I know not to cut down or otherwise harm very old trees. I know to avoid bringing babies and little ones out after dusk. I know not to interrupt the peace of a wide-open space or an enclosed jungle area. I also know, upon even the slightest transgression, to partake in rituals of atonement on their terms and their terms alone.

My grandfather, a God-fearing man, must have had the Sight. My cousins often talked of how he kept a nunu tree in his yard, untouched, and of how he spotted duendes from the kitchen of his Sinahånña home, a home he built behind the Church after the war expelled his family from Hagåtña.

He likely passed his sixth sense on to my Auntie Diddi, who later inherited the home and told us of her name being called in the middle of the night from the first floor. From that night and every night after until her death, she left every light on in the house. And I mean every light. To prove this to my friend, we drove by the home at 1 a.m., and indeed, the house was lit up like a light-house guiding lost souls home.

My first ghostly encounter with the Sinahånña home was really not with the home itself, but with the nunu. I was maybe four years old, and I, so I've been told by aunts and uncles, loved playing around the tree. But a little four-year-old really had no business playing at the foot of the nunu, and I became feverishly sick, my entire body covered in welts. In my story, I hallucinate and have fever dreams of floating just above the floorboards of my grandpa's home, moving through the hallways like a ghost, eavesdropping on the adult murmurs of my uncles at the dinner table.

But these memories were ephemeral at best. I don't have any hard timeline of the events or any solid memory of pain. According to my aunts and uncles, I reported playing with children, whom no one else saw. The sickness was a result. The taotaomo'na, they surmised, must have liked me. In anger, my father cut the nunu down, burning its roots, leaving nothing left of that old, old tree. The next day he was struck down with a mysterious fever that lasted weeks. The rest of the story is unclear. I have heard that my suruhana auntie, first cousin to my father, was called in to help. I've also heard that a local dermatologist cured my rash. The details have never been clarified. But the story's end is not what's important, rather it is the lesson that matters: trees have power. Since then, I have carried this truth inside me in a variety of contexts and communities. It followed me at 12, for the most practical and helpful of reasons, to our new house in Tutuhan (Agana Heights), a central village on the island. It helped me navigate my fears.

My very first evening at this home, I took a container of Morton salt and poured it around the perimeter. I had remembered hearing from somewhere that salt serves as a barrier between this world and the world of the taotaomo'na. And our home had the boonies for a backyard. It wasn't dense at all, but I was afraid and unwilling to take chances. Afterwards, a little bit embarrassed, I put a near-empty container of Morton back on the kitchen shelf. When my mother went to use it the next day, she expressed her surprise at the lightness of it; after all, she had just bought it. I told her what I did. She was quiet and said, "Put it on the grocery list for next time."

Almost 40 years later, I am thankful for the boonie jungle that exists untouched behind my Tutuhan home. A heaviness still hangs around, but it has ceased being imposing for many years now. The spirits there and I have an understanding, and I stay out of their way. I have passed this truth of the trees and the jungle on to my son, who, although raised with a healthy respect for the aniti and the taotaomo'na, unlike me has not really established clear boundaries with that backyard.

At 16, he decided that, even though we had two bathrooms inside our house, peeing in the great outdoors was what men did. He turned our backyard into his private bathroom, specifically a little spot that was almost directly beneath my bedroom window. I grew anxious that he did that. I told him to say, "dispensa yu" at the very least. He did do that, of course, he assured me. He also assured me that he wasn't going in the boonies, just in the backyard. My anxiety eased up a little. My mother, however, was very angry about it. He did it with such regularity that the little patch of soil became dry and cracked. Her grass wasn't growing back. He'd better stop, my mother warned him. But he refused, and as long as he said "dispensa yu'," I didn't really care. Until one night after dinner.

My son left to walk the dogs, a nightly task of his. My mom was outside the house cleaning up after the dogs, and I was inside washing dishes. Suddenly and without any reason, I felt compelled to turn and look behind me. And when I did, at that moment, outside one of our windows, I caught a quick glimpse of my tall son's sideview; he was a blur, but it was my boy, kind-of blondish, wearing a white t-shirt (but I hadn't remembered him wearing a white t-shirt earlier). I was so sure it was him that I scolded him, "Hey! Can you actually walk the dogs around the village and not just around the house! Quit being so lazy!" He didn't respond.

My mother, who was now sitting on the porch outside, asked, "Who are you scolding? Your boy's walking the dogs."

"No," I got confused, "I saw him. Just seconds ago. He's on the other side of the house."

And my mama laughed. "Your boy left about five minutes ago." She assured me that what I saw was a taotaomo'na. As soon as she said that, she continued, in a more serious tone, "You know. The last few nights, I've been hearing a little baby crying outside my bedroom window."

I remember my reaction at the kitchen sink. "How many nights mom?"

"Just the last two nights."

The neighbors don't have a baby, and my kid was NOT wearing a white t-shirt. I stopped my washing, dried off my hands to reach for the salt and the box of matches. I went to another room and grabbed the Palm Sunday leaves. First, I burned the palms and used them to såffe the perimeter of the house. Then, I poured the salt, again, around the perimeter. But with the Morton salt in hand, and as I reached the exact area where the grass no longer grew, a thought came to mind: "The boy needs to stop peeing here." The thought was not my own. Instinctively, in the same way that I know how to breathe, I knew that they were speaking to me.

When he got home, in a green shirt, I told him, "I thought I saw you at the window, but it wasn't you and now grandma is hearing crying babies. You better stop peeing outside."

"But I always say 'dispensa yu'," he insisted.

"Well, asking for permission doesn't mean that permission has been granted," I replied.

My son understood completely. He was a bit freaked out, a bit apologetic, but without another word, he marched straight to the nearest bathroom inside the house. Afterwards, he said to me, "Do you think they're mad at me?"

"No. They just want you to stop. They've had enough and they just don't know how to communicate it to you."

My mom didn't hear a baby cry that night or on subsequent nights.

And since then, no more doppelgangers of anyone have been seen, so far. We know that the spirits are still there. The truth is they will be there long after I am gone. And my son. And his children. The truth is I know that they have more to tell us. You see, the tales don't ever really end.

Endings don't exist.

ACKNOWLEDGEMENTS

The editor, Victoria-Lola, and translator, Siñora Rivera,
my co-authors – the writing could not have ended without
their thoughts.

Siñora Flores, CHamoru language copy editor,
who made me feel less insecure about what I had written.

Jose Cruz, Jr., who passed on to me his sainas' Juan Måla story.
Without their words, I could not have loved Juan Måla the way
I love him now. And I could not have written him down.

The super staff at MARC, thanks for digging deep and finding stuff.

WORKS CONSULTED

Camacho, Olympia. *Legends of Guam*. Agana, Chamorro Studies and Special Projects Division, 1988.

Cruz, Jose, A. Jr. *Estorian si Juan Mala yan i Kabayeru*. 2019, Collection of Jose A. Cruz, Jr., Mangilao.

ESAA Project Chamorro Language and Culture Program. *Legends of Guam*. Agana, Department of Education, 1981.

Flood, Bo, et al. *Micronesian Legends*. Honolulu, The Bess Press, 2002.

Guerrero, Lagrimas P.L. "Sirena." *The Guam Recorder*, vol. XIII, no. 7, Oct. 1936, p. 7.

Hemplon Nana Siha: a collection of Chamorro legends and stories. Department of Chamorro Affairs, Division of Research, Publication, and Training, Hagatna, 2001, The Hale'-ta Series.

Hornbostel, Gertrude C. (Trudis Aleman). "The Strong Man of Guam." *The Guam Recorder*, vol. 1, no. 4, Jun. 1924, p. 4.

Hornbostel, H. "Ucudo." *The Guam Recorder*, vol. 2, no. 19, Oct. 1925, pp. 197 and 215.

Night High School, Composition. "The Quail and the Iguana." *The Guam Recorder*, vol. 2, no. 22, pp. 304-05.

Rios, Jose L.G. "Legends of Guam: Two Lover's Point." *The Guam Recorder*, vol. XVI, no. 5, Aug. 1939, pp. 203-04.

Taitano, Carlos, et al. *Legends of Guam (As told by old-time Guamanians)*. Agana, Tuberculosis and Health Assoc.

Printed in the United States
by Baker & Taylor Publisher Services

: 978-1-935198-33-8

LIHENDEN CHAMORU

RINIKOHEN HEMPLO SIHA

GINEN I SINANGAN TERESITA LOURDES PEREZ
PINILA' GI CHAMORU AS MARIA ANA T. RIVERA

Published by Taiguini Books, University of Guam Press
Richard Flores Taitano Micronesian Area Research Center
UOG Station
303 University Drive
Mangilao, Guam 96913
(671) 735-2154
www.uog.edu/uogpress

ISBN: 978-1-935198-33-8

Edited by Victoria-Lola Leon Guerrero
CHamoru edits by Teresita Concepcion Flores
Layout Design by Mary E. Camacho, Mylo Design

*This publication was financed in part by a grant from the Tourist
Attraction Fund administered by the Guam Visitors Bureau*

Para si Clotilde Palomo Perez nu i umestoridyi yu' un bidhi!

FAÑODDA'AN

UN ESTORIA PUT

LISTAN LITRÅTU

NOTA GINEN I I'ILAO

TINIGE' VICTORIA-LOLA LEON GUERRERO

Etmås mandestenggidu na mani'estoria gi kotturan CHamoru hagas
di manma nå'i onra kumu unu siha gi mås manempottånte na tåotao
siha gi susiedåt. I mås mamfayi na manhihemplo ayu i siña manlaknos
ni' estorian hestoria siha yan manma sångan dinuebu estorian ansiånu
pat lihende ya manma usa uniku na klåsen kuentos-ñiha yan bula na
mamfabulosa na kuentos-ñiha put meggagai na sinisedi entre un
hemplo. Manma hempluyi i taotao siha gi a'gang na bos, guaha na biåhi
gi kanta, kuentan inakontra, ya nina'fanmalago' i mane'ekungok para u
konsigi na siha lokkue' u fanhemplo yan u fanapatte ni' estoria sigun gi
klåsen sinangan-ñiha. Gi taiguini na manera, i estorian i manaotao-ta
siha sumedi hit todu para u ta fanakumunika hita yan hita put meggai
milenña. Kumu manma tulalaika hit na klåsen taotao, i estoriå-ta siha
muna'fana'atotche hit todu guatu gi manmaloffan siha na tiempo
mientras manma'ayuyuda hit lokkue' kumonprende todu i minakkat
lina'la' na eksperensiå-ta gi prisente na tiempo. Este na rinikohen lihende
siha kumonsisigi mo'na i manakuentusi-ta yan lokkue' ta silelebra i
meggai na manera gi dinekko' finayi-ta kumu mani'estoria hit.

I titige' as Teresita Lourdes Perez rumikohi estoria siha ginen
mañaina, familia, manatungo', meggai na lepblo yan manhagas na
gaseta, ya ha ayek dosse na estoria para u ta'lon manma hempluyi. Gi
kada monhåyan di ha tuge' kada estoria, manma tå'chong ham na tres,
guiya, si Maria Ana Rivera yan guåhu, ya in deskuti kada estoria – håfa
kumeke'ilek-ña para kada unu giya hami, håfa mohon entension i karektet
siha, håfa na hinenggen kottura mumaneha i sasangån-ña, leksion siha
ni' para u fanmafa'nå'gue, sa' håfa na hagagas taiguihi finaloffån i ma

sångan-ña, yan guaha mås para manma mente. Entre este na klåsen kinalamten, hami lokkue' na tres in espererensia sahnge na estoria gi lina'la'-måmi – desde i finaitai unu na asagua asta i mafañågon nuebu na neni yan todu ni' manma susedi gi lina'la'-måmi entre i finaloffan i tiempo. Ya entre todu ini na sinisedi, este siha na lihende umakompåña ham yan ha na'fangombetsa ham, taiguihi i bidan-ñiha i manmofo'na na hinirasion famalåo'an siha. Gi kada lihende ni' manmonhåyan manma tuge'-ñiha, manma påsa asta i attista siha ni' numa'i entetpeten-ñiha ni' put ma sangån-ña kada estoria sigun i klåsen atten chine'guen-ñiha. In nanangga mohon na ginen i risutton este na lepblo na en nina'fanmalago' hamyo yan para en kontenuha mo'na i kombetsasion.

YA-MO'NANA NA DESKOTASION

TINIGE' DR. SHARLEEN SANTOS-BAMBA

Fino' ginen i pachot hagagas muna'posipble i manma påsan-ñiha påpa i tradision, binali, yan prinaktika siha entre i ManCHamoru desde un hinirasion asta otro hinirasion. I fino' tåotao uniku na manera para u fanapatte ni' estoria siha ginen i mamaloffan na tiempo, i leksion ni' para u fanma tungo', yan hemplon amonestasion. Para guåhu, i lihende "I A'paka' na Palåo'an" ni' ha sangåni yu' ni' la'amko' na primå-hu annai manma'u'udai ham gi santatte gi tråk påpa' gi chalan i Espetåt Navy – i mamåopapao na manå'paka' flores gi puengi yan ni un kåndet chålan ni' mañiñila'. Gagaige ha' este na mimorias giya guåhu asta på'go na tiempo sa' binalulutan yu' ni' puengi yan påo i flores kada biåhi mañugon yu' guini na chålan. Guaha otro siha na estorian duendes yan tåotaomo'na tiningo'-hu ginen mamparientes-hu gi pinatgon-hu. Gi eskuela, hu hasso tåtte un amariyu na påppet katton ni' tåmpen i *Legends of Guåhan* ni' tinige' i Asusiasion Emfetmeran Guåhan yan i manna'ma'a'ñao na yininga put håfa taimanu mohon pusision-ña i tåotao-mo'na yan i minagof siñente-ku put i siña hu taitai estoria siha ginen i kotturå-hu. Manma taitai a'gang huyong pat kadakuåt este siha na lihende ya manma sedi para u fanma chule' para i gima' para u fanma'estoriåyi lokkue' i familia. Sigun i eksperensiå-ku, i lihenden "Sirena," "I Guaka yan I Karabao," "I Patgon Ni' Gumaloppe Asta Luta," yan i "Dos Amånte," manma riflehi i ManCHamoru na taotågue sa' ta aliligao para u ta na'fanago'te i manmaloffan na sinisedi yan i taotåo-ta, ya este siha na estoria muna'fandokko' i siñente na mandadañña hit na taotågue.

Ayu na sumen munumento na rinikohen lihenden CHamoru ini ni' inestoriåyi ginen i hinasson i petsona ni haga' CHamoru yan ma

poksai giya Guåhan. Mientras hunggan guaha ha' pinepblikan lihende siha ni' mantinige' ni' mantitige' na ManCHamoru yan kumu manåotao idukasion gi tatte na tiempo, ti dimasiåo manma påtte huyong gi sesteman idukasion yan esta lokkue' hagagas desdeki manma emprenta. Guaha gi mås manåftaf na popblekasion lihende siha manmana'fanlestuyi i taotao kumunidåt siha ni' mantinige' nu i asaguan militåt i Navy, manemfetmera, yan otro siha ni' ti mannatibon iya Guåhan. Gi eksperensiâ-ku, i ManCHamoru ni' manmångge' yan manmapopblika i lihende-ñiha siha, ti parehu tinaka'-ñiha huyong gi tåotao kumu taiguihi i tinige' ayu i ti mannatibu. Låo, i tinige'-ñiha dinuebu este na mannatibu bumaba lugåt para otro na taotåo Guåhan para u fanmångge' lihende sigun gi hinasson-ñiha, ya gi taiguini na manera na ma kontenuhu i tradision humemplo kumu inibidensia ni' este na finaiche'cho'.

Este na finaiche'cho' rumikohi meggagai na lihende guatu gi un lepblo ni' umufresi i ma sångan dinuebu i estoria siha ginen i hinasson un natibu, ni' mafañågu yan manma poksai giya Guåhan, un petsona ni' ha nå'i kana' ha' todu i lina'lå'-ña asta i inamko'-ña para u fa'tinas, u empåtta, yan u kontenuha i estoria yan che'cho kre'atibu siha. Ayu na manma translåda para fino' CHamoru ni' un CHamoru, ni' hagas na ma'estran CHamoru yan onrao na hihemplo, ni lumaknos yan muna'lå'la' i lihende siha gi hila' CHamoru.

I guinaiya-ña i titige' ni' put mångge' yan put estorian CHamoru nai malaknos lumå'la gi ma sångan dinuebu i lihende siha yan ha go'te i kinemprende, i entetpetasion, yan imahinasion i ma poksai-ña guini giya Guåhan. Kumomfesat i titige' na annai ha tutuge' dinuebu i estoria siha, måtto dångkolo na atborotu giya guiya para u sodda' i dinanche na palåbra siha yan u laknos gi hinasso'-ña ayu ni' ti iyo-ña ha' solu. I lihende yan estoria siha iyon i taotao åhe' ti iyo-ña ha'. Este siha na estoria, sin dinida, manmañusu nuebu yan manma tulaika lokkue' sigun gi tinilaikan i tiempo taiguihi ha' i manma tulaikan i taotao lokkue'. I estoria siha rumiflehi i tiempo yan eksperensian i taotao, tambien i inasodda' otro tåotao siha ni mangginen chågo' na otro tåno' lokkue'. Olosuttemo, i plumå-ña yan i hinasso-ña muna'posipble este na rinikohi … un rigålu para håyi i u fantinaitai yan kontodu para i mangga'chong.

I lihende siha muna'na'tungo' put i kotturan i taotao, i binali, i prinaktika, yan i tradision. Manmana'fañåonao i tema, simbolo, yan karaktek ni' umayuyuda muna'fangklaruruyi para i manmananaitai put i taotao tano'. I manåftaf siha na tinige' lihenden CHamoru ni' mantinige' nu i ti ManCHamoru manma na'setbe gi sesteman idukasion yan guatu gi kannai i famagu'on CHamoru parehu gi isla yan huyong gi isla, i bisita siha, i manmama'nåna'gue siha, yan otro tåotao ni' gumuaiya manmanaitai ni' este siha na hemplo. Prumublema nai este sa' yanggen ti manåotao tåno' manmångge' yan manma sångan i estoriå-ta, manmana'lå'la' para i manmamamaila' na tiempo ayu i ginen i inentetpeten-ñiha put i iyo-ta na eksperensiå-ta siha. Ginen i mansinangan-ñiha dinuebu na annok håfa maninafekta ni' eksperensian-ñiha gi lina'la'-ñiha, i bali, yan i hinasso ni' håfa minalago'-ñiha para u fanma tungo' (yan manma taitai). Siha dumisidi håfa para u fanma mente, kontodu i simbolo siha ni' manmana'saonao yan i ti u ma na'fañåonao; håfa na båli para u mås ma na'lå'la', yan håyi na karektet para u ma na'i kuenta pat håyi mås para u ma abiba. Taiguihi i karektek CHamoru as Juan Måla ni' ma na'annok gi fine'nana na biåhi annai på'go ma fa'estoria kumu petsona ni' sumen gago' yan todu i tiempo humuyong gi prublemå-ña siha ginen pikatdiha...i bufon ni' tai siri'osu buskabidåda-ña. Pues eyu ta'lo i matlinan Sirena, ni' ma na'annok na guiya prumutetehi i aguaguat na påtgon kontra i matdisen nanå-ña. Manma fa'nå'gue hit nu este siha na estoria sigun i mesklåo siha na tåotao yan pupblekasion. Gi este nai na inafakcha' na u ta famåra yan u ta fanmanhasso put i tema, i pridikamente, yan i simbolo siha ni' manggaige guini, mientras u ta konsededera lokkue' håyi i titige'.

I mas manåddodong na bålen CHamoru yan destingto na kinalamten manmana'fanlåla' guini na kuleksion hemplo siha. Manlåla'la' ha' asta på'go este siha na estoria sa' manma riprisesenta i destingto na hestoriå-ta yan hinengge-ta. Put ihemplo, gi lihenden i trongkon niyok yan i trongkon lemmai, i karektet siha mamfinana' ni' un dångkolo na achåki ni' debi di u ma kontra yan ma å'ñao kosaki u ma na'guaha nengkanno' para siha yan i enkatgao-ñiha na tåotao-siha.

Maskeseha manma fåna' minakkat ginaddon yan pininiti, manmalaknos ginen i estoria i sakrifisiu yan inafa'maolek para u ma

sostieni lina'la'. Put akompårasion, gi i estoria put i lahi ni' tuma'yok asta Luta, hu kuestiona i prublema put håfa na rason na sumen embediosu i tata kontra i minetgot yan makalåmya na lahi-ña. I minetgot yan makalåmya na påtgon låhi manotdenåriu na klåsen pudet-ñiha i taotao tåno' sigun i manma deskriben-ñiha ni' fine'nana na bisitan i isla. Gi otro bånda, i sumen fotte na embedioson i tata muna'a'annok kakko'-ña i karektet i tata ni' ti aya yan i håfa dipotsi kostombren i tata gi kotturan CHamoru. Ayu na minetgot hinesguan kontra i lahi-ña pumo'lo i CHamoru na tåta (yan i lalåhi siha en hinerat) kumu mangontråriu pusision-ñiñiha. Para u prinebra mås este na asunto, gi Dos Amåntes, popble i CHamoru na nobiu yan tåya' bali-ña para u asagua i bunita na CHamorita. Ayu mås måolek para u inasagua na i sendålon Españot, ni lokkue' håga' Iuropiånu. Risulusion i prublema i para i sottera u dingu i gimå'-ña ya u gacha' tåftaf i finatai-ña. Todu este i dos na ihemplo put i CHamoru na tåta yan amånte dumiririhi i aodensia para u ma kuestiona i patten i lahi kåo kontråriu asta i bålen CHamoru. Kåo este siha na klåsen karektet yan achåki rumiprisesenta yan munåna'i hit kinemprende put lalåhen CHamoru? Låo, kåo este put i ti manaotao tåno' tumuge' i estoria siha ya i inentetpeten-ñiha fumotma i lihende ni' meggai esta hagas di manma taitai yan manma sångan dinuebu?

I hinasson i taotao hiyong meggai biåhi na ti lå'yiyi umadanche yan i hinasson CHamoru, ya gi manma usan-ñiha manma na'takpapa' i pusision i CHamoru na låhi, ni' gi minagåhet sumen lachi kontra i balen CHamoru siha. Hinesguan. CHinatli'e'. Pikatdiha. Este siha na deskrepsion put i taotao tåno ginen i hinasson ayu i taotao sanhiyong ni' manmanhatme ni' tano' otro tåotao yan manmama'gåsi. Siguru sin kuestion na i manåftaf na tinige' i misionårion Españot siha manma punta sin dinida na i CHamoru na taotågue manma nisisita satbasion. Taiguihi i manemperelista na nasion siha, i idukasion yan manaitai yan mångge' yåbi para endoktrinasion. Estoria yan lihende dumiririhi i manera para u ribåha påpa' i balen CHamoru siha yan para u håtsa hulo' kun guinaiya i nuebu yan lumalametgot na pudet i taotao hiyong. Achok ha' este na kuleksion ha kedanchichiyi para u nå'yiyi mås taddong na karektet para siña ta kuestiona i kinalamten-ñiha i karektet siha, empottånte na u ta hassuyi put håfa taimanu yan put sa' håfa na

taiguihi manhuyong-ñiha i estoria siha yan sa' håfa na mamana'fañåonao manma laknos gi primet lugåt.

Håfa muna'sen uniku este na kuleksion i manma' prisentan i mansen bråbu na karektek-ñiha i famalåo'an. Ti manmantetenta ini na famalåo'an put manma nisisita para u fanma akudi. I famalåo'an siha guini manmana'fanannok karetet-ñiha kumu saina, nåna, håga, che'lu, matlina, yan nobia. Mangkomplekåo. Guaha na biåhi na mantaklalo'. Guaha na biåhi na mantriste. Manmandiseseha guinaiya. Todu i tiempo manggaige gi prisente na mumento. Difirensiåo manma prisentan-ñiha i famalåo'an put akomparasion yan lalåhi. Guaha na biåhi na kulan mappot manma funas este na hinasso put i famalåo'an, låo i dinekko'-ñiha i karektek-ñiha i famalåo'an manma tulailaika mientras sigi mo'na i tiempo para u ma konsedera na i lahi ni' taotao hiyong etmås metgot para u ma'gas yan mås para u mamalagu'i. Tåya' konsolasion na i nobion CHamoru gi "Dos Amåntes" ga'o-ña na u matai kinu u lå'la' sin i guinaiya-ña. Gi minagåhet, ha ayek para u matai kumu aksion kontra i taotao hiyong ni' muma'gågasi i isla.

Desde i lepblon lihende ni' amariyu na katton tampe-ña ni' ma popblika åntetes tåtte na tiempo asta este na kuleksion, meggai mås para u fanma sångan yan para u fanma tuge' put famalåo'an yan lalåhi ya ti nahong na todudu siña u fanma sangan guini gi ya-mo'nana na deskotasion. Låo, ti kumeke'ilek-ña na mungnga na u fanma sedi i manmananaitai yan i manmåmangge' para u fanmanlaknos hinirasion put hinirasion na estoria siha, u fanmamaisen manna'piniti na kuestion siha, u fanmanhahasso put håfa mohon siña u fanma susedi yan u fanmannåna'i otro siha na finakpo' para i lihende, kosaki sisigi ha' u fanmapetsigi i tradision manhemplo.

Manma fa'tinas este siha na estoria yan lihende para u fanma estoriåyi i manmå'pos siha na tiempo gi lina'lå'-ñiha. Manma fa'tinas lokkue' este siha na estoria entre i eksperensian i lina'la'-ñiñiha yan i kinemprenden-ñiñiha i ManCHamoru. Manma mantieni på'go na tiempo gi sanhalom i manma sångan dinuebu i estoria siha put i manmaloffan na tiempo. I fino'-ña yan i eksperensiå-ta. I eksperensiå-ña yan i fino'-ta. Iyo-ta, åhe' ti iyon-ñiha.

HINASSO 1

Ume'egga' tilibision si Ante Diddi, i tihå-hu na sotteran biha, annai ma hugåndo i finatta para i mubi, "The Exorcist." Tumalak guatu gi iya guåhu ya ilek-ña na yanggen ume'egga' håo sho put i maknganiti, pues humahamyo lokkue' umegga' yan guiya. Manachu tododu hulo' i pilu-hu sa' esta måtto gi hinasso-ku na matåta'chong i ti li'i'on na Satanås gi fi'on-hu gi sufå gi sålan i tihå-hu. Låo ayu i mismo na palåbra "Satanås" sumu'on mo'na i tihå-hu guatu gi chalan umestoria: ha tutuhon ni' "un diha tåttete na tiempo" na mimorias put annai humosmemisan mo'na gui' gi Gima'Yu'os Hagåtña, "Åntes di i gera, hagå-hu."

Makmåta gui' tåftataf gi egga'an låo esta atrasåo i kinahulo'-ña para i misan mo'na, ya yå ki guiya responsåpble para u yå'ho i chel'lu-ña neni, atraså̊o ha' lokkue' i che'lon neni. På'go ha' manmå'pos i familia, pues siha i dos uttemo para u ma dingu i gima'. Put i kinaddada' pasu-ña i neni na' sumen chågo' siha para u ma hungok ni' familia. Ti gef chago' para u ma pokkåti guatu i Gima'Yu'os, låo annai lumahihot kontra i manladångkolo na tinanom siha, gi annai buente ayu na uma'attok gi entalo' ramås-ña, gumaloppe huyong gi me'nan-ñiha un dimoñu na ga'lågu. Ayugue' mismo palabrås-ña i tihå-hu. Ga'lågon Sasalåguan ni' kulan achi'ak attadok-ña, ni' mangalåktotos nifen-ña, ya ha fufutot i pinekkåt-ña yan i dikike' chelu-ña. Tåya' na ha eksplika håfa taimanu na måtto ha' un gotpe i ga'lågu. Tåtnai ha' lokkue' na hu faisen, låo ilelek-ku na buente chinechemma' ni' ga'lågu putno u hosmemisa. Pat sino, gi

otro na hinasso, buente kastegu-ña ayu i finatoigue ni ga'lågu sa' put ti gef måolek inatende-ña nu i che'lu-ña. Låo sin håfa mås, ti hu hasso håfa i uttemon i estoria.

Buente ti ha na'fonhåyan ha' i estoriå-ña i tihå-hu.

Gi minagåhet, ti hu nisisita humasso håfa i uttemo-ña.

Hu disidi para bai go'te eyu na mimorias gi eyu na minutu annai hu e'egga' i tilibision yan i minutu despues di ayu annai hu ma a'ñåogue i sinafon i anti-hu yan guåhu na maisa; yan i minutu siha despues annai hu ma a'ñåogue i lina'lå'-ña gi hineben idåt-ña i tihå-hu sa' put un dimoñu na gå'ga' ni' ayu malago'-ña i para u tinitek i tataotao-ñiha.

Ma fañågu i tihå-hu gi 1914. Hu tungo' put i dimoñu na ga'lågu buente guennao gi 1980. Put håfa mohon na ha na'tungo' yu' guihi na mumento? Put håfa mohon na rason na ha sangåni yu'? Ya put håfa mohon na hu sångan di nuebu ayu na estoria para otro na aodensia siha entre anåkko' tiempo yan finaloffan meggai na såkkan siha?

Yanggen ha estoriåyi yu' i saina-hu, tehnga guaha ma susesedi gi prisente gi tåno' ni' bumaba i mimorias siha: håfkao na finatta gi tilibision, prugråman huegu, palåbra ni' ma mente gi rediu. Måskeseha håfa ayu, guaha pudet-ña eyu para u fanyenengyong, u nina'fanachatge, pat u nina'fanlalålo'. Ti ilelek-hu na mannåna'i leksion pat manatbibisu ennao i umestotoria. Ya-hu na bai hasso na ayu ha' malago'-ña i tihå-hu i para u empåtta giya guåhu i eksperensiå-ña. Buente ha sesedi ha' yu' para bai hu hålom gi lina'lå'-ña, i familiå-ña, put i hinengge-ña siha. Kumu CHamoru gui' na palåo'an, asiguråo ni' aturidåt-ña para u sangåni yu' ni' este siha na estoria. Ya kulan guaha mohon irensiå-ku nu este siha na estoria. Parehu i haga'-måmi yan familiån-måmi. Ya buente ginen i mangkinaddada'-ñiha i estoria siha – piot i kuestion ni' ti manineppe ni' i estoria – buente, ginen i entalo' este i tinaya' na ineppe, na hita, i aodensia, u ta fanmanungo' yan ta fanhita, ya u ta na'halumi para u fonhåyan i estoria.

Gi sinangån-hu di nuebu nu este na estoria para etmås åmko' na lahen ayu i ba'an na che'lon neni, i primu-hu, chakka' huyong a'gagang sa' ha hasso ha' annai inestoriåriayi gui' as nanå-ña put parehu na ga'lågon dimoñu.

Låo ti gof pumarehu i estorian-måmi.

I estorian i manåotao tåno', ginen i idukasion na kinemprende, siña manmana'fanadotgan guatu gi estoria siha ni' hagas di manma sangåni hit, maskeseha kumu manma riprisenta eyu i didok na mampetsonåt na estorian familia siha, pat put ayu i etmås manmatungo' na lihende siha ni' ta empåpatta entre hita yan i enteru na kumunidåt siha. Tehnga manmana'fangaddada' este na estoria siha låo manmotmomot ni' sostånsian håfa sinangan-ñiñiha. Yan tehnga, manmatulalaika lokkue' håfkao gi estoria, ni' dipende gi ginen håyi umestotoria yan ginen manu na ma tutuhon ma sångan i estoria.

Ayugue' nai na i ume'ekungok ni ngai'an buente na u tungo' håfa entension-ñiha i karektet siha, i magåhet na nå'an-ñiha, yan i magåhet na lugåt annai manma susedi. Låo kåo nisisåriu na u tungo' este i ume'ekungok? I guaha na biåhi na chatta' kabåles i manma sångan di nuebu i estoria siha na i estoria na maisa bumabayi hit nuebu na sostånsia ni' para u ta entetpe ensegidas gigon ta hungok håfa ma såsangan. Ginen taiguini na manera lokkue' na siña u ta fa'tinas otro na kinemprende put i estoria meggagai na såkkan despues desdeki fine'nana ta hungok.

Ya yanggen mansuette hit na manmåolek manmapoksai-ta ni' taotao siha ni' esta ha' manlåla'la' yan manma atitutuyi i hinengge yan binalen kottura annai mangginen manu mågi este siha na estoria, pues esta sumen siña para u ta tungo' håfa i sostånsian i estoria yan ta deskubre håfkao siha na leksion inafuyoyot-ña.

I lihende siha ni' manggaige guini na lepblo hagas di manma sångan di nuebu ginen difirentes klåsi siha na tinige': hu taitai ayu i tinige' siha ni' manma sångan dinuebu nu i tumuge' i lepblo; hu taitai ayu ni' manma tuge' mientras manestotoria i mañaina-ta; hu ekungok ayu siha i umestoriåriayi yu' gi prisente na tiempo ni' i estoria siha ni' tåya' nai hu taitai. Ya guaha ha' na biåhi na hu dimånda na bai hu ekungok i ma sangån-ña i estoria enlugåt di bai hu taitai. Tinitutuhon este na lepblo ni' eyu na estoria – ni' tåtnai hu taitai na estoria yan put gi enteru gi lina'lå'-hu put adumidide' ha' nai hu hungok: I estorian Pontan yan Fo'na, estorian i ma fa'tinas i tano' yan i taotao siha.

Ginen este i gilanghet na dos chume'lu, ni' buente lokkue' etmås antigugugu na estoria, na manma fa'nå'gue hit put (1) i mifaset na responsåpbledåt entre mañe'lu siha gi familia yan entre i lina'la'-ñiha i hinirasion siha ni' manåotao tåno'; (2) i inempottånten-ñiha i tano' yan i tasi kumu sostånsia para u huyong lina'la' yan lokkue' para kontenu'asion i lina'la' i manåotao tåno'; (3) i naturåt na che'cho' i famalåo'an siha para u fanmama'tinas lina'la' yan (4) i naturåt na che'cho' i lalåhi siha gi tinituhon i nuebu na lina'la'. Ginen i kinemprende-ta nu este siha i fina'nå'guen Pontan yan Fo'na, kumu hita et mås manmagåhet na mani'irensian i estorian-ñiha, na' manmana'fañådonao hit na manåotao tåno'. Ya yanggen manma poksai måolek hit, pues siña u ta mente håfa i tiningo'-ta yan u ta deskubre otro siha na leksion ni' manmafa'nåna'gue.

DORATHINA HERRERO

SI PONTAN YAN SI FO'NA

Gi eyu na tiempo ni' ti siña ta hago' tåtte ni un pongpong na hinasso-ta, eståba dos chume'lu, un låhi yan un palåo'an, ni' kulan yu'os, ya sumisiha bumiåhi entre i Sumen Dångkolo na Fina'lugåt. Låo måtto esta i tiempo annai para u hokkok i klasen lina'la'-ñiha. Ha siente i che'lon låhi i mamamaila' na finatai-ña yan ha li'e' mo'na lokkue' i dangkolon pininiten i che'lu-ña yan i mamamaila' na minahålang sa' mumamaisa, ya este muna'sumen triste gui'. Ti ya-ña dumisehåyi triniste nu i che'lu-ña.

Pues annai kumekematai i che'lon låhi ha rigaluyi guatu gi che'lu-ña i tiningo' ni' esta ha' gaige gi sanhalom-ña i palåo'an: I pudet para u fama'tinas lina'la'. Låo tai bali este na pudet ni' siña mama'tinas lina'la' yanggen ti dumanña' yan i pudet i lahi, taiguihi ha' yan ni ngai'an na i lahi u fama'tinas lina'la' sin i pudet i che'lu-ña palåo'an.

Ya chachaflek esta si Pontan annai ha kuentusi guatu i che'lu-ña as Fo'na na "Måskiseha mampos didok i tinaddong i ti minagof-mu, prumeti yu' na un chule' i pudet-hu ni' bai hu po'luyi håo. Gi dumanña'-ta ha' guini na manera na siña håo muna'huyong ginen i taya'. Usa i tatåotao-hu para un na'posipble mama'tinas håfkao siha ya siempre ti un mamaisa ha." Låo tåya' minalago'-ña si Fo'na para u ekungok ni' maseha håfa put finatai i chelu-ña. Ha kontra mampos i ideha ni' para u na'huyong håfkao siha ginen i taya'. Esta ha mahalålangi i che'lu-ña.

Ya magåhet maloffan i tiempo annai måtai si Pontan. Kulan nina'sospiros nu i inumentan i inancho-ña i Sumen Dångkolo na

Fina'lugåt ya måtto tådoddong i tai minagof-ña si Fo'na sa' guiguiya ha' na maisa gi entalo' i dinangkolon amånu gui' na gaige ni' esta hinatme ni' tinaya', ni' ti komprendiyon para guiya. Ya annai ha mantieni si Fo'na i tataotao Pontan, kumåti manmisisen na lågo' ni' manmilalak påpa' gi fasu-ña asta guatu gi kurason-ña ni' uma'apacha yan i ilon i che'lu-ña, yan sigi ha' milalak påpa' i lago'-ña asta i pechon Pontan yan asta guatu gi uma'ago'te na kannai-ñiha. Ya gi dumanña' i pinachan kannai-ña yan i lago'-ña gi tataotao Pontan na nina'fañente gui' ni' didodok na minagof i guinaiya-ña. I fuetsan i guinaiya-ña mumuebi i kannai-ña asta guatu gi tatalo'-ña ni' muna'posipble gui' para u tohge yan u metgot. I guinaiya-ña muna'muebi kannai-ña para u na'suha i te'lang i tatalo' Pontan. Gigon ha go'te gi kannai-ña i te'lang, humuyong ha' mama' i tano', ya ha po'lo i tano' gi entalo' i Sumen Dångkolo na Fina'lugåt. Ha siente si Fo'na i finatton i figo' minagof yan pås ni' ha hongge na mumalingu annai måtai si Pontan.

Ya ginen i chelu-ña na estague' bidå-ña si Fo'na para u na'påra i baban siñenten-ña ni' guiguiya ha' na maisa yan para u konsigi i che'cho' muna'huyong ginen i taya':

Ha na'huyong i tasi, ginen i hagå'-ña.

Ha chule' i sehås-ña ya ha fa'tinas i isa siha.

Unu na attadok-ña ha fa' i atdao.

I otro ha fa' i pilan.

Guaha na tåotao humongge na i lago'-ña, ni' manmilalak påpa' gi tataotao i che'lu-ña, fumotma i kurienten i tasi yan kontodu i puti'on siha gi langhet. Ya buente i anggapot gapotulu siha, ni' ha titek ginen i lassas ilu-ña annai ha pinititiyi i che'lu-ña, fumotma i cha'guan yan trongko siha gigon ha' ma pacha i tano' gi pineddong-ñiha. Sigun gi maseha håfa na lihende ni' ma sångan di nuebu, sumen magof si Fo'na ni' tano' ni' fina'tinås-ña yan i che'lu-ña.

Annai monhåyan ha fa'tinas todudu i meggai långhet siha, annai ha usa kada pidåson i tataotao che'lu-ña para u na'fanhuyong difirentes klåsen guinaha ni' ha disihåyi, ya annai maninina todu i fina'tinås-ña ni' atdao, ayu na kana' ha' ti ha taka' i hinahgong-ña sa' ha li'e' todududu i mamfabulosusu na nina'huyong-ña gi' este na tåno'. Para

guiya, manggaige todu gi uriyå-ña na mana'annok i sumen tåddong na guinaiya-ña as Pontan; låo TÅYA' Pontan. Tai ga'chong si Fo'na para u achaparehu umegga' i fina'tinås-ña siha yan para u gina'chungi lumiliku'i i sumen åncho na lugåt ni' ha na'huyong ginen guiya yan ginen siha. Ti ha aksepta dimasiåo i ti langakyon na minahalång-ña.

Ha hanåogue guatu i lugåt annai umafakcha' i hanom yan i tasi, ya ha chule' si Fo'na i edda' ginen i tano' ni' ha templa para palai yan i ma'asen na hånom ginen i tasi ya ha palala'i gui' enteru para u binalutan todudu i tataotåo-ña. Ha na'montohon todu i pudet-ña siha ya ha tulaika gui' kumu hichuran un dångkololo na åcho'. Gigon ha' mama'åcho', ha tånom gui' tåddodong yan fitmemi påpa' gi tano' gi entalo' i tatalo' na to'lang i che'lu-ña.

Gi dumanña' i acho' yan i tano', gi dumanña' i che'lon låhi yan i che'lon palåo'an na ma yalelengyong i tano' tunanas hålom asta i talolo' gi sanhalom-ña ya må'pe' talo' i acho'. Ginen hiyong gi empe'-ña siha i acho' na mansalamåmangka huyong kabåles na manma fotman lina'la' siha ni' mansen parehu pusision-ñiha taiguihi as Pontan yan si Fo'na. Gi papa' i atdao yan hulo' gi langhet na mamopoddong påpa' guatu gi hilo' tåno' yan gi kånton tåsi este siha na lina'la' ya manlinelemlem ni' tano' ni' manmanå'en-ñiha.

Ya ayu giya siha, ni' manmalago' para u fañåga guihi na tåno', manma ågang maisa siha "tåotao tåno'." Ayu siha i dumisidi para u fanhånao, manma fa'posgue i tasi ya manma sagåyi meggagai na otro tåno' siha ni' manggaige chågogo' huyong gi i taddodong na tåsi ni' sumen inipos i lugåt annai gaige i Acho' Fuha.

RICHARD MANGLONA

I LAHI NI' UMESKÅPA ASTA LUTA

Etmås prifekto tatåotao-ña na tåotao gi hilo' tåno' lumå'la' tåttete na tiempo annai i manåotaomo'na, i taotao siha gi i tinituhon, mås manakihot gi låna'la'-ñiha yan i manmå'pos esta na mañainan-ñiha. Buente adai este na fuetsudu yan masahegat na tåotao asiguråo na nina'i ginen i manmofo'na na mañaina sa' higånte gui' put akomparasion yan otro siha na tåotao tåno', ya sumen metgot yan mahettok tataotåo-ña kulan i acho' latte. Ha prutehi i isla ni' i takhelo' na minatatnga-ña yan minetgot-ña. Ya ma nå'i gui' respetu yan famåo ni' todu i tåotao ni' manmandepepende giya guiya. Ma nå'i sen takhelo' na onra gi taiguini na manera put esta åpmamam na tiempo. Ya ma na'sen påyon ni' atendidon i taotao na u ma na'takhelo' gui' gi todu kinalamten-ñiha; pues humuyong na ha nanangga yan ha dimåmanda ha' lokkue' este na tråtamento.

Tumåta, ya annai måtto i tiempo para u ma fañågu i neni, ha li'e' na sumen dångkolo i mineddong-ña i patgon, mås ha' kinu otro siha na manneni, låo este nai ninanggaga-ña i ma'gas. Ya annai ha estira i kodu-ña o sino i satnot-ña i nenen låhi, i tata ha li'e' na todu i gigat ni' mana'annok gi tataotao i neni mañilong yan i gigåt-ña lokkue'. Sumen nina'magof i metgogot na tåotao na i patgon-ña kulan ha' guiya prifekto. Linemlem kada ha atan i lahi-ña; nina'sen banidosu sa' gumai patgon taiguihi.

Måmta' entre todu i taotao put i mafañågon i neni. Manasangani entre siha yan siha na "Siguru na dichosu este na påtgon na ginen i manmofo'na na mañaina-ta." Låo annai manhiningok i kuentos-ñiñiha ni' i tatan i patgon, ti ha hongge håfa taimanu na sumen chaddek ma tarabira i inatan-ñiha i taotao tåno' desde guiya asta guatu gi prifekto na masahegat na nenen låhi.

Sen manma tulaika magåhet i atension siha yan sumen chaddek ha' lokkue', ya ayu na i tata ha tånom ya manhåle' i simiyan chinatli'e' gi kurason-ña. Etmås metgot na tåotao gi hilo' tåno', ai adai, sa' sumen daffe' gi sanhalom-ña. Entre mås manmaloffan i ha'åni yan i sakkan siha, i chinatli'e' yan i hinesguan giya guiya pumuno' måskiseha håfkao na klåsen guinaiyan tåta ni' siña mohon ha empåtte gi lahi-ña.

Sinembåtgo ni' siñenten i tata, dumångkolo i neni ya mumetgot, mumåolek, yan mumagof sin inadahen i tatå-ña, sa' fina'måolek gui' gi as nanå-ña yan i taotao siha gi uriyå-ña sa' manmanhongge na nina'en i taotaomo'na este na påtgon ya put ayu na ma asiste gi dumångkolo-ña yan gi tiningo'-ña put mama'taotao. Gi dumångkololo-ña i patgon, ti hinihingok ni' masahegat tatå-ña i minannge' na chakka' chalelek-ña, ni sikiera mohon ha lili'e' ni' matå-ña mismo i minagogof-ña i patgon gi chatgon matå-ña. ÅHE'. Ayu ha' riniparåra-ña i metgogot tåotao na: chaddekña yan metgotña i patgon kinu otro siha na famagu'on; anakko'ña esta i masison kannai-ña kinu ayu i kannai i manmimimu; ya i tataotåo-ña yan tiyån-ña achaparehu pusision-ñiha yan i manmasisu na lalåhi ni' manamko'ña ki guiya. Pues sigi ha' mås humosguan gui' ya ha poksai este na hinesguan astaki dumokko' i chinatli'e', ya umachamoddong i inatdet-ña yan i dinangkolon pudet-ña i patgon. Gi minagåhet, annai gaige esta gi mina'lima sakkån-ña i patgon, esta pumarehu i mineddong-ña yan i tatå-ña. Låo, sigun i tata, kana' ha' metgogotña i patgon kinu guiya. "Kana' ha'," hinasso-ña i tata.

Un ha'åni, ha pokkåkati i masahegat na tåotao i kånton tåsi annai ha li'e' guatu i patgon na mandodossok gi entalo' åcho' yan håyu siha. Ensegidas ha malagu'i fuma'kontråriu i patgon ya ha faisen, "Håfa ennao i un chocho'gue?"

Ineppe ni' patgon, "Ume'e'ayuyu yu'. Ai! Eyague'!"

Kumukunanaf huyong un ayuyu ginen papa' hagåssas siha ya gigon i patgon ha tugong para u konne', ai sa' chaddekña i ga'ga' kinu guiya. Malågu i ga'ga' hålom gi maddok påpa i hale' i gef takhelolo' yan

feddadada' na trongkon niyok. Gi mina'atgoddai-ña i patgon, ha bokbok hulo' i trongko ni' un kånnai, ya ha go'ten maffñot i ayuyu ni' otro kånnai. Tumachu ni' minagof-ña ya ha håtsasa hulo' asta i langhet i lekkaka' na trongko niyok yan i dangkololo na mineddong ayuyu. Ha atan magogof guatu i taotao, si tatå-ña, låo para ke gui' i taotao ni' minagof i patgon.

Enlugåt, i tata ha disidi para u laknos i embediå-ña yan i chinatli'e'-ña ya måtto gi hinasso-ña, "Håfa na fotten minatatnga ini? Kåo magåhet na nina'i ginen i manåotaomo'na? Håfa adai kåo ti ma goflamen yu' nu siha?" Sen inestotba nu este siha na kuestiona. Mås ha' na estotbo i siñenten mamuno' ya ha tungo' ha' na yanggen esta taiguini minetgotña i patgon guini na hiniben-ña, tåt siña ma sångan put håfa mohon para u cho'gue yan håfa siña u cho'gue kontra guiya, ni tai ginefli'e', tai guinaiya na tåta, yanggen dumångkolo ya luma'amko'. Embidiu, binibu, yan mina'å'ñao tumomba i mina'sigundo på'go na metgot tåotao gi hilo' tåno'. Båsta yå, kumu guaha maseha didide' na siñenten tåta gagaige giya guiya, mumalingu esta.

Mientras sisigi ha' mumagof i lima na idåt påtgon, ai sa' tumachu i tata ya ha håtsa i kannai-ña para u hago' guatu i patgon para u puno'. I patgon, ni' ha sen guaiya i tatå-ña, ti ha håtsa kannai-ña kontra i tatå-ña, låo annai ha li'e' i tatå-ña na måtan para u famuno', chaddedek ha muebi gui' putno u gine'te. Ya este na dikike' påtgon ha falaguyi para i lina'lå'-ña. Malågu dururu asta i sanlagu gi isla ya sisigi ha' malågu astaki måtto gi puntan i kantit. Gaige i taddong yan chåochao yan bobo'an na tåsi giya påpapa' gi kantit. Gaige lokkue' gi tattete-ña i chaddedek na tåta-ña. Ha disidi i patgon låhi para u goppe i kantit, ya måolek ha' na lachaddek sa' gigon tuma'yok, ha siente annai rinaspa i tehngo-ña ni' kalulot tatå-ña. Este na mames, metgot yan tomtom ni' lima na idåt påtgon tuma'yok ginen i kantit giya Guåhan, ya put i figugo' na minetgot-ña yan masahegat na minatatnga-ña, kulan gumupu mohon gi aire asta guatu gi mås hihot na isla, i islan Luta.

Asta på'go, sisiña ha' ma li'e' i fegge' un addeng-ña este i prifekto na påtgon låhi, ni' ma dulalak huyong gi gimå'-ña na isla, guatu guihi gi i sanlagu na kantit ni' ma å'agang "Pontan Påtgon." I påt-ña este na åddeng siña ma sodda' gi kånton tåsi gi iya Hinapsan gi iya Luta.

NINA PECK

I DOS UMAGUAIYA

Sigun gi hinasson i Mañamoru tåtte gi Tiempon i Español, ayu ha'
bali-ña ennao i che'cho' umaguaiya i para un asigura na lumå'la'
håo, para ke kåo guaha guinaiya. Ti un nina'boka. Ayu i tano'
gumarentitiha i kontenu'asion lumå'la', ya i respetu ginen i kumunidåt
un inayuda mumantieni i eståo-mu gi lina'lå'-mu. Guini na estoria,
ma fañågu i sotteritan CHamoru gi etmås takhelo' na eståo entre
i linahyan ni' numå'i gui' todu klåsen asiguråo ginen i isla para u
kontenuha lumå'la': siguridåt ginen i meggagai na tåno' ni' guinahan
i familia, i sumen takhelo' i manma tungo'-ñiha put i inasisten-
ñiñiha nu i taotao siha, sa' manggai haga' Español i mañainan i tata,
ya put mås ayu i buninitå-ña. Sen famao i bunitå-ña. Meggagai na
mañotteritu gi isla umandidi'i gui'. Mana'añangon i lalåhi entre siha
put i bunitå-ña; ma hassusuyi håfa mohon yanggen esta ma a'atan
hihot i bibubu na kulot chukulåti na attadok-ña, yan guaha ayu i
manmanatotga manmanhasso na manma pega i kannai-ñiha gi
senturå-ña; manmanhahasso kåo taiguihi i flores pinaopåo-ña yan
håfa mohon pusision-ña i attelong na akiyo'-ña yanggen ma sotta ya
duru guinaife i anåkko' na gapotilu-ña ni' manglo'. Låo dimålas para
siha sa' bulala na tåotao humungok i ñinangon-ñiñiha ya mumåmta'
mås put guiya entre i manachaiguasguas-ñiha. Hongga gi talangan
un kapitan Español put i bunitå-ña, ya annai guiya na maisa lumi'e'
i sotterita, ha disidi lokkue' na guiya para u ganye i palåo'an. Para i

kapitån, meggai binifisio-ña ni' dumanña'-ñiha: mitano', Eurupiånu hagå'-ña, ya magåhet na sumen bunita. Mikomfedensia i kapitån annai para u famaisen saina sa' ha tungo' ha' håyi i familia para u ma alåba; ha tungo' ha' lokkue' na gaige destenu-ña i palåo'an gi kannai i dos saina-ña. Ya kumu lumåla'la' durånten i tiempon ansiånu, gef siña ha' mohon na i CHamorita la'mon ni' håyi para u ayek (pat ti u ayek) ni umandidi'i gui'. Buente ma hongge ni' nana yan tåta na måolek na inalåba yan i kapitån, tomtom na disision, yan etmås måolek na pruteksion para i familia yan i manåtatte na hinirasion.

Nisisita na u ma hasso i tano-ñiha. U ma sostieni lokkue' i takhelo' na manmatungo-ñiha. Ma sodda' ni' dos saina na måolek este na nobiu, piot annai ma konsedera i tinakhelo' na titulu-ña; pues ma sedi para u andi'i yan siempre para u asagua i hagan-ñiha. Para todu i minalago'-ñiha para u ma adahi gui', ti siña na u ma prutehi i sotterita, guiya ni' heben yan gåsgas kurason-ña, na u guaiya otro ni' umandidi'i gui'. Mangguaiya ni' heben yan sumen bunitu lokkue' na CHamoritu, låo ai adai sa' popble. Tåya' tano'-ña. Ti måmta' manma tungo'-ñiha i familiå-ña. Ya, achok ha' ni ngai'an na u akseptao i pinepble-ña para i familian i sotterita, ma disidi ni' dos para u aguaiya ha' kun sikretu. Takhelo' i konfi'ånsian-ñiha na u prinitehi ni' umaguaiyan-ñiha. Uma'asodda' gi hinemhom i puengi, uma'ago'te kånnai gi sumen kaddada' na tiempo annai siña umali'e', ya puru siha taininanggan prinimeti akuentos-ñiñiha.

Ma ågang i sotterita gi me'nan as nanå-ña yan tatå-ña, i che'lu-ña låhi, yan kontodu i kapitån Españot, ya ayu na ma sangåni put i minalago' i kapitån para u inasagua. Ya i sotterita ha aksepta i kapitån kun brinabon kurason gi me'nan i familia, ya ma gutos i finiho'. Låo tåddong gi halom kurason-ña na uma'attok didok na mina'å'ñao yan kumongkorårahi na binibu.

Ya eyu na homhom puengi, kun kaddada' tiempo para umali'e'-ñiha, ha sangåni i guinaiya-ña na "Ga'o-ku na bai hu måtai kinu bai hu asagua ayu na kapitån!"

Ya sinangåni ni' guinaiya-ña, "Ga'o-ku na bai hu måtai ki bai gaige sin hågu!."

Måtto i ha'ånen umakammo'-ña i sotterita låo, enlugåt di u assagua, ha dalak i guinaiya-ña. Malågu i dos asta i lugåt ni' ma å'agang Tomhom. Måolek guihi para umattok sa' sumen motmot i dinekko' halomtåno' yan manåda na liyang ni' mappot manma sodda' fanhaluman-ñiha. Ma ayek para u attok gi un liyang ni' tinampe enteru tinanom yan makkat ma li'e'. Ma hongge ni' dos na buente u attok guihi nos kuåntos dihas ha' astaki pumåranñaihon håfa na klåsen estotbo ma susesedi put siha.

Ya hunggan magåhet, ayu na liyang numå'i siha ninanggan minåolek sa' gi sumågan-ñiha guihi ma atiende håfa ma malagugu'i para i lina'la'-ñiha. Ma sodda' i minagof-ñiha annai tåya' ni håfa ma dimåmanda nu siha ni' familia, ni' sengsong, ni' manmå'gas ManEspañot, ni' kumunidåt-ñiha, ni' isla. Gi liyang, siha ha' i dos u responsåpble nu siha, tåya' otro. Ya put i sumen didok i umaguaiyan-ñiha, tåya' gi magåhet na umadimanda i dos sa' puru ha' kariñosu i inadingan-ñiha kulan mames na puema yan gefpa'go na fina'kånta. Semplisiu i na'-ñiha. Ma pokkåti i lala'la' na tano' entre i håle' yan hågon siha guihi gi metmomot na dinekko' i halomtåno' ni' mumagufi yan tumåmpe siha mientras uma'atoktok yan mamaigo'. Ma fa'tinas i dos umaguaiya i fanlihengan-ñiha gi halomtåno' giya Tomhom.

Manma na'fandanña' grupon tåotao siha para u fanmanaligao låo tåya' mañåonao ginen i familia. Nina'sen bubu i kapitån Españot ni' ma rinonsiå-ña ya esta nai ha tungo' na ti guinaiya gui' ni' sotterita, pues ha engkåtga todu i sendålu-ña para u ma liliku'i i isla enteru manmanaliligåo ni' nobiå-ña. Alosuttemo, i sendålu siha ni' mansen kapås manmumu yan manmanaligao inimigu, ma deskubri i lugåt annai uma'attok i heben na umaguaiya. Låo, manhiningok buente ni' dos umaguaiya o sino ma sisienten ha' esta na ti åpmam u ma gacha'. Malågu i dos taimanu chinaddekña i addeng-ñiha. Ma fakcha'i i ma baban i metmomot na halomtåno' gi un yånu na bånda ya ma falaguyi hulo' i ekso' maseha dumespåsiu didide' i finalågon-ñiha. Sigi hulo' yan hulo' i finalågon-ñiha astaki måtto gi kanton kantit gi isla låo duru duru lokkue' i dinilalak-ñiñiha i kapitån yan i sendalu-ña siha. Tumohge i dos gi kantit, ma atan i uriyan-ñiha ya annok na

tåya' esta ni månu na siña u falågu. Esta mangguaguatu i sendålu para u fangginacha'. Ma atan påpa' i a'paka' na chinalålaochan i tasi yan i mandångkolon åcho' ni manalak hihiyong desde i sanhilo' gi kantit yan sigi påpa' asta i hanom. Håfa mohon i hinasson-ñiñiha guihi na mumento? Na i guinaiya ti u asigura i lumå'la'? Na i tano' magåhet asiguråo na u fina'måolek siha? O sino, na ni ngai'an na u adespåtta desde på'go mo'na? Ti siña ta tungo'. Ayu ma såsangan desde ha' hagagas, na i palåo'an ha mantieni i anåkkoko' na gapotiluña ni' guinaguaife månglo' ya ha na'agodde yan i gapotulon i nobiuña, buente kumu simbolon i umassaguan-ñiha. Umago'te kånnai ya tuma'yok huyong yan påpa' gi tåddodong na hålom tåsi.

Buente ... put måskeseha tåya' manmanggånna guini na estoria, ya i finaitai yan i triniste tumåtse i finalågon i ha'ånen umakkamo'... buente siña u ta sångan na hunggan, gi guaha na manera, i guinaiya siña numa'asiguråo i lumå'la', sa' atan na asta på'go låla'la' ha' i estorian-ñiha i dos amåntes.

VERONI SABLAN

SI SIRENA

Guaha tunådan i bos-ña este i nana, un metton na sunidu ni' numåna'i siñåt i famagu'on-ña na esta ora para u fanmacho'cho': buente para u fanmama'tinas, manna'gasgas, pat manma tågo'. Yan buente i kompås gi bos-ña ti na'magof ni' hongga guatu gi talanga-ña i patgon sa' ha akompåra ayu na sunidu kontra i lumailai i napu yanggen mamångpang kontra i acho' siha o sino kulan i katen i sihek ni' gumugupu hihot gi kånton tåsi. Tåya' mås tinangå-ña i patgon na para u suhåyi i taklalo' na bos nanå-ña ya u falaguyi inalibia guatu gi un dångkolon åcho'. Asta i sumen gåtbo na påharu, asta i katma na hånom, este na ginatbo mina'dimasiåo makkat para u fandinesatende as CHamorita Sirena. Meggai na biåhi na må'pos ha aligåo håfa siha i hiningongok-ña gi kanton tåsi enlugåt di u ekungok si nanå-ña. Fihu di malågu guatu gi bikåna put para u siente ha' i hanom, put para u nangu guihi put nos kuåntos oras, put para u na'suha gi hinasso-ña todu i responsåpbledåt-ña yan manmatago'-ña siha ni debi di u kumple. Numangu achok ha' ha tungo' na siempre u lalålo' si nanå-ña ya hunggan guaha didide' binaban siñente-ña put este. Ha chatli'e' na ti ha o'osge yan ti ha na'mamagof i palåo'an ni' fumañågu gui'. Låo yå ki sumåsaga si Sirena gi kanton tåsi ya ha nginginge' yan ha hagugungi yan ha huhungok ha' yuhi, ke, nina'malalago' numangu. Ti gef piligru i tinangånga-ña. Påyon di ha tungo' na kada biåhi na numangu gui' sen bråbu kontra i kuriente yan chaddekña gui' numangu ki nu i påharon tåsi ni' manggugupu hulo' gi langhet, ha tungo' na inecha gui' tåddong

na tiningo' ni' i tasi. Gai pudet i tasi para u yina'ho i anti-ña. Libre gui' gi halom tåsi. Ya gaige gui' gi fanhahgong-ña. Tåya' gi lina'lå'-ña muna'mås magogof gui'.

Låo kada talo'åni, i nana ha pasalilista i heben na hagå-ña. Ha tungo' ha' na, gi kada kinahulo' i pilan, kåkanto i tiempo annai siña i hagå-ña ha tutuhon mama'påtgon yan esta debi di u atende i gimå'-ña. Esta si Sirena para u to'a na hobensita ya debi di u fanosge ya u cho'gue i opblegasion-ña siha. Kumu saina gui', luluhan i nana na ti u priparåo si Sirena para u maneha i familiå-ña. Ha hahasso i hagå-ña, yan i' anåkko' satnot-ña yan inanåkko' gapotilu-ña ni' guinaguaife ni' manglo', na ti ya-ña che'cho' guma' yan puru ha' che'cho' minagof bidåda-ña sa' libri. I nana ha yengyong i ilu-ña ya ha mufeha i hagå-ña mientras gaige gi hinasso-ña na "Tåya' prubicho-ña ayu i patgon ni' machålek kostombre-ña." Pues ha entensiona i nana na u fa'nå'gue i hagå-ña para u tungo' manadahi, manatiende, u atendida ni' bidåda-ña, yan u tungo' mampripåra yan mamplaneha. Ti malago' mamplaneha si Sirena. Tehnga linalåtde yan sinangåni as Nanå-ña taiguini:

"Håfa na klåsen håga ennao i maleffa ti muna'gasgas?"

"Håfa na klåsen inareklo para un nå'i i gimå'-mu?"

"Ti un e'ekungok yu', Sirena, ya siempre un finatoigue meggai na prublema!"

Kada diha ma lalåtden taiguini si Sirena låo mamanman mientras ha chocho'gue todu i matago'-ña. Yanggen må'pos mama'gåsi gi saddok, makkat para u mumuyi i tentasion i hanom ni' mimilalak gi papa' kannai-ña. Tånto pongpong hånom umå'agang gui'. Alosuttemo, todu gui' fotgon, ya an kahulo' gi saddok sen didide' na magågu manmafa'gåsi. Yanggen må'pos umeha'iguas para pinigan, ha ayek manrikohi gi trongko siha ni' manhihot gi kanton tåsi ya måtto ha' tåtte sin matago'-ña, pat, put mås båba, todu mamotgon i ha'iguas ya ti siña manma songge para u ma fa'tinas i nengkanno'.

Un talo'åni mientras humånao si Sirena para u cho'gue i matago'-ña, ha kuentutusi si Nåna i matlinan Sirena put todu i chathinassoso-ña. Gi disesperåo-ña, ha laknos håfa siha umatbororota gui'. "Håfa adai para bai hu cho'gue nu guiya? Kulan påtgon ni' para u hugåndo

tudotdiha gi hanom. Håfa este na ginago'? Håfa adai na guiya ha' gui' ha hahasso? Kalan tåya' mohon opblegasion-ña! Håfa 'dei este i patgon-hu?" Tumekkon si Nåna ya ha tåmpe i ilu-ña ni' dos kannai-ña.

I matlinan Sirena, ni' matåta'chong gi fi'on-ña, kumuentusi guatu gi su'ånu na bos-ña, "Ai, Målle', magof na påtgon si Sirena, pues maila' ya ta silebra i magof na kurason-ña."

"I minagof i tåotao ti u na'famboka i familia. Ke låo håfa adei un kekesångan?"

"Ha tungo' ha' si Sirena håfa nisisidåt-ña. Ha tungo' ha' håfa ma na'i-ña para u inayuda gui' lumå'la'. Menhalom, Målle'. Maseha ti hagå-hu gui'. Hu sangångani håo. Hu tungo' gui'. Måolek yan amåpble na påtgon."

"Hunggan ti duda yu' nu ennao. Amåpble si Sirena, låo mamomoksai yu' un påtgon ni' guiya ha' guinaiya-ña yan ti ya-ña manosge! Dihåda na påtgon," ilek-ña si Nåna. "Ti ha hahasso i manmamamaila' na tiempo. Ya an ha atan yu', manachetge ni ma'lak attadok-ña yan i inusenten-ña. Hunggan, hunggan måolek hu tungo' ha'. Humuyong ginen i tasi yan lamitå di sumin magågu! Ya ha fa'gåsen pinalåla i magågu siha. Maleffa ti mangåmyo niyok, yan ti ha båballe i ringkon yan tåtten i siya. Ti malago' ha puno' i mannok yan para u go'naf i guihan ya u na'gåsgas." Tumohge si nåna ya duru mongmong i kurason-ña. Gi tumohge-ña, ha li'e' chagogo' huyong gi bentåna un dikike' na butto ni' ha ripåra na si Sirena na mamomokkat tåtte para i gima'. Ma chalapon i gapotilu-ña ni' tutuho' ni' finetgon-ña. Ha li'e' ha' si Nåna na chachatgon ni minagof-ña si Sirena. Ya ha li'e' ha' ta'lo na ti monhåyan i fina'gåsi.

Måtto gi nanan Sirena i siñenten binibu, pininiti, yan desganåo na duru mandokko' yan manma chalelehgua gi sanhalom-ña, ayu na klåsen binibu yan linalålo' ni' solu i mannåna siña manma komprende. Gigon ha' humålom si Sirena gi gima', ha gotpeha ni' pachot-ña todudu i dangkolon binibu-ña ni' lumalailai gi kurason-ña. Halom-tåno' i ina'gang-ña kalan humuyong ginen i pachot otro tåotao, "Yanggen dimasiåo gof ya-mu i hanom pues hånao ya un såga guihi asta i finatai-mu! Ni ngai'an na un gai patgon. Ni ngai'an na un gai gima' para familiå-mu!" Guihi gi sen ti linangakon na mumento, halom-tåno' ya påpangpang huyong i fino'-ña kulan mohon para u tupa påpa' i ligan i gima'. I palabrås-ña si nanå-

ña sumi'ok talanga-ña si Sirena ya ha padesi i ma tokcha' na piniti ni' tinampe lokkue' i matå-ña esta ti siña manli'e'. Ensegidas måtto giya guiya i para u suhåyi lachaddek ayu i ti ha rikoknisa na piniten kurason. Sin manatan, sumeha huyong gi gima', ha bira gui', ya malågu sin manhasso asta guatu gi pao i tasi.

Ina'atan as matlinå-ña annai malålagu huyong gi gima' asta i tasi. Ha fåna' lokkue' i matlina i tasi ya ha essalåogue i hadå-ña ni' i na'magof yan maggem na abos-ña: "Hu ganye i kurason-mu, Sirena, i hinasso-mu yan i kurason-mu ya put ennao na hu ganye lokkue' ayu i muna'palålao'an håo gi lugåt giya hågu annai gagaige i hinasso-mu yan i kurason-mu. Ha chule'guan si nanå-mu gi iya hågu i famagu'on ni' para un fañagu'yi låo ti siña ha laknos i guinaiyan i tasi gi iya hågu."

Ti siña ha hungok si Sirena i pås ni' gaige gi tinayuyot i matlinå-ña, sa' muma'å'ñao gigon humålom gi hanom. Kulan mohon dinidilalak gui' huyong ni' hanom ya ma'å'ñao na u pinino' ni' fino' nanå-ña. Duru gui' minimuyi ni' tasi. Ha na'palappa i dos kannai-ña hulo' yan påpa'; mumaleffa håfa taimanu numangu, ya ti siña ha håtsa hulo' gi hanom i sanhilo' na tataotå-ña o sino i ilu-ña. Adumidide' ya guha humahgogong-ña ya hinahatme parehu hånom yan aire, lolo'lo'yan finakululu'an. Låo ayu mås båba na sinisedi i ti siña ha na'kalamten i addeng-ña. Ha siente na maipepe enteru i dos addeng-ña; kåo ha ka'guas kontra i acho' tåsi siha? Trabiha ti gef hihot gui' guatu gi ma'tingan. Låo ha konsisigi ha' i minaipe na siñente. Kahulo' i mamutiti-ña desde i kalulot addeng-ña asta guatu gi temmo-ña; ha kechagi muna'kalamten i addeng-ña para u nangu, låo ha sodda' na ha chalapon gui' i minaipe asta i kuyontura ya nina'tisu i temmo-ña yan kinandålu ya ti siña ha muebi. Siguråo gui' na u ma fondo gi mås yapåpapa' gi tasi.

Låo ti mafondo si Sirena. Enlugåt, hinalla ni' kuriente lahihot guatu gi ma'tingan, annai i tailayi (sigun nu guiya) na hånom binatsala gui' huyong gi sanhilo' i mangalåktos na åcho' tåsi siha. Ha siente i sensen i pietnå-ña annai ma arårastra i mangalåktos na åcho' siha ya måtto gi hinasso-ña kåo dineskuattitisa gui' ni' tasi. "Put pidåsu yu' malago'-ña i tasi," desperådu na hinasso-ña. Ya astaki måtto chi-ña annai ha siente na ti siña gui' kumalamten yan kulan todu gui' ma chåchak, ayu na sigi

sumospiros. I lago'-ña para i pinadesisi-ña, para i pinadesen i nanå-ña, yan para i malingon i gimå'-ña yan lina'lå'-ña. Pumåra si Sirena mumu ya ha nå'i gui' guatu nu i tasi. Dumanña' i lago'-ña yan i tasi ya annai umasodda' i lago'-ña yan i tasi, mamatkilu i tasi. I kurason-ña ha na'fandanña' todudu este na pininiti, ya annai malaknos huyong un kåti ginen i guetgueru-ña, hinasso-ña na manhuhungok gui' tuninos.

Pumåra si Sirena ha mumuyi i siñente-ña; måma'ya gi tasi ya tiniroruru. Ha gef atende i siñentete-ña ni' hanom gi kannai-ña, gi santatte gi tataotåo-ña, yan gi aga'gå'-ña. Ha siente i minanengheng i manglo' kada pinangpang guatu i fetgon fasu-ña. Ya adumidide' na pumåpara i pinadesisi-ña. Pues ha baba i matå-ña.

Ha ripåra na tåya' tuninos. Ha ripåra na tåya' mapagåhes gi langhet. Ha ripåra na i kulot i langhet ni' muetto na asut dumanña' yan i asut i tasi. Ha ripåra todu este låo ti ha ripåra i tai minappot-ña numangu gi tasi, pat i chinago'-ña huyong chi-ña yan lokkue' i chinaddek-ña numangu. Ti ha ripåra i ge'naf siha, i betde, yan lålamlam na kulot plåta annai eståba gaige i dos addeng-ña. Ha li'e' ha' i betde na linamlam låo pine'lo-ña na i mama'lak na kulot plåta ya asut kulan kulot ayu i manmama'lak na nåpu gi atdao. Yanggen ti malago' i kurason-ña na u sotta i na'piniti na sinangan nanå-ña, pues ayu ha' malago'-ña si Sirena i para u sisiha yan i pås i tasi. Gi minagåhet, ti tinitek tataotåo-ña ni' tasi. Enlugåt, binalutan ya tinampe ni' pås yan ginefsaga. Ya ha siente na kulan guiya ha' mohon etmås empottånte guihi na mumento. Pues ha huchom i matå-ña.

Mås lapupuenge guihi na ha'åni, mientras ha i'ilao i kanton långhet nu i piniten i kurason-ña, sumen mañotsot si Nåna ni palabrås-ña sa', kumu taiguihi nai todu mannåna ni mampalåcha' ni' manna'mañotsot siha na kuentos, ayu ha' malago'-ña si nåna i håfa hinasso-ña etmås måolek para si Sirena. Ya achok ha' ni ngai'an na u bira gui' tåtte si Sirena para i gimå'-ña, lumå'la' i sotterita astaki humokkok i ha'ani-ña kumu lamitå guihan yan lamitå palåo'an, gi sumen kabåles na linibre gi fanlehengan ni' priniparåyi gi as matlinå-ña yan gi manera ni' umaya yan i espiritu-ña, ayu nu i nina'i gi as nanå-ña.

VERONI SABLAN & KIE SUSUICO

I TRONGKON ÅTBOT

Kada såkkan gi ma tulaikan i klema desdeki i fañomnåkan astaki i fanuchånan, manma'lalak huyong i hillet agaga' yan kåhet gi flores i trongkon atbot det fuegu. Yanggen tododu i flores mañåchalek gi trongko, kulan mohon kimasoson i trongko, kulan i mina'lalak i atdao an talu'åni, ya kada råmas nai mana'atampe i mandelekao na ohas i flores.

Famokkat guatu gi trongko. Na'asson kada ohas un flores gi påtman kannai-mu; ya u fama'gue'ha. Gi mås hihot inilåo-mu ni ohas siha, un ripåra na guaha destingto ni' ti gef siña un li'e' ginen i chago'; entalo' i bibubu na ma'lak hillet kåhet guaha dos na råstron pinentan å'paka' kulan ayu i kulot i mapagåhes, pat chinaochao nåpu. O sino kulan i apaka' na påñulon.

Guaha un sotterita ni' gai iyo un å'paka' na pañulon, nina'en i nobiu-ña. Astaki ayu na pupuengi annai nina'i ni' ini na rigålu, ha u'usa i pañulon nåna-ña para u tåmpe i ilu-ña. Estague' buskabidåda-ña ini na sotterita as Elena kada ha'åni gi gima'-Yu'os i sengsong: mananaitai ni' urasion i egga'an; ha tåtayuyot i Bithen para u fansåfu i familia gi tasi, para u fanmikinenne' i mamepeska, para u gai minetgot muna'gåsgas i gima'-ñiha (ai sa' mansesen applacha' i mañe'lu-ña lalåhi), yan para u bumuchåcha mama'tinas sentåda para i familia. Yan guaha na ogga'an, manaitai para pås yan tåt yinaoyao entre i atborotu ni' gaige entre i familiå-ña yan otro na familia gi parehu na songsong.

Guaha na puengi yanggen manmåtto tåtte si tåta-ña yan i mañe'lu-ña lalåhi ginen i tasi ya dimasiåo didide' i peskan-ñiha, siña manma sångan i ti manna'magof siha na kuentos tåt kumu, "Guaha målabidan ayu na familia gi galaide'-ta!" Pat yanggen magåhet na sumen dimålas i peska, manggonggon ni' "Ma agangiyi kakåhna ni' ayu na familia para u dimålas i peska-ta på'go ya u dimasiåo ha' metgot guinaifefe-ña i manglo'!" Dalai ha' na chinathinengge ini hinasso-ña i sotterita. Pues ha hassonñaihon lokkue' ke låo astaki ngai'an para uttemo-ña adai ini na chinatli'e' entre i dos familia. Kåo mansen båba ha' na taotågue? Ini na tiempo, ayu ha' gagaige guihi na familia na i tata yan i lahi-ña as Jose. Ti malago' ha hongge na siña i dos u cho'gue håfkao na che'cho' benggatibu kontra guiya yan i familiå-ña. Ginen ha hungok na guaha mumon-ñiha i guello-ña yan i guellon Jose meggagai åños tåtte ya buente ayu na minimu sa' put tåno'. Låo håyi eksaktamente i ma digeruyi, ti ma na'klaruyi gui'. Håfa gef klåru i umachatli'e' i dos guello. Ma chatli'e' lokkue' si Jose ni' mañe'lu-ña lalåhi.

Para si Jose, sen klåru na ha tungo' håyi si Elena. Yanggen guaha premiu u ma na'i håyi et mås metgot kurason-ña yan mås matatnga kurason-ña gi sengsong, ayu na onra u ma entrega si Elena. Desdeki måtai si nana-ña, annai på'go ha' sumottera, yan kumu solu guiya ha' na palåo'an gi familia, ma nå'i opblegasion-ña para u atende i minanehan i gima' yan pinat esta manggai idåt na lalåhi; ya kulan mohon ma tutuhon i fina'måolek i familia ni nuebu na må'gas kapitan. Låo siriosu ni' responsåpbledåt-ña ya bumuchåcha yan sumen bråbu. Guiya tumutufok i guafak para håfyen maigo'-ñiñiha. Guiya fuma'titinas i habbon para u fa'gåsi i magågon-ñiha. Taftåtafña kumahulo' an ogga'an kinu siha para u fa'tengguångi na'talu'åni ni' ha balutan fitme ni' hagon åkgak. Nina'fañochocho måolek as Elena kosaki u fanmetgot atayo'-ñiha para u ma hålla hålom i talåya, para u fameska bula ya u fanma påtte i taotao i sengsong o sino para u fanatulaika put håfkao nisisidat-ñiha. Ha na'asiguråo na nanahong para gåston i gima' yan ha na'siguguru na ha desatetende umatan i botdåo yan påopao na låña siha ni' manma bebende. Todu i bidåda-ña, yan che'chocho'-ña, achuka' i mas didide', manma lili'e' yan manfamao ni' mambisinu-ña yan manåotao i sengsong siha. Ma såsangan nu guiya:

"Måolek na palåo'an si Elena."

"Tåya' siña ma cho'gue ni' lalåhi sin guiya."

"Guiya magåhet i ma'gas i gima'."

Ya binense si Jose lokkue' ni' minaolek-ña. Ha ripåra i mina'lak fanatan-ña yan i labios-ña ni' hillet dirosa na måsan mansanita. Ya mås empottånte para si Jose, si Elena ayu na klåsen palåo'an i ti ha tungo' i buninita-ña nu guiya. Sumen humitde na palåo'an ya ma'lakña este na kualidåt-ña ki nu i buninitå-ña.

Este na humitde umayuda si Elena umaksepta i trangkilu yan di'åriu na lina'lå'-ña. Nina'sesen magof ni' fina'maolelek-ña nu i lalåhi gi familiå-ña. Sumen måolek ini i fina'maolelek-ña nu siha ya, sin ma na'tungo', fihu ha' manman hassosi tatå-ña yan i mañe'lu-ña put håfa taimanu para u fanlå'la' sin guiya. Låo ni unu muna'tungo' gui' direktamente. Ma guaiya didok nu as tatå-ña yan i mañe'lu-ña, ya ni unu malago' na u ma chu'ot achok ha' didididide', guiya ni' sumen dångkolo i responsapbledåt-ña nu siha yan i gima'-ñiha. Ayu uttemu gi minalago'-ñiha i para u ma na'båba i siñente-ña. Ya, gi minagåhet, ni unu mumalagu'i na u guaha para u guinaiya. Manma'å'ñao na siempre u fandiningu siha yanggen guaha guinaiya-ña. Put ini na ma disidi ni' mañe'lu-ña na i taotao ni' inayek i kurason-ña si Elena, maseha håyi gui', debi di ginen i tasi i linå'la'-ña, u gai ginefli'e', u matatnga, yan u na'mamagof i che'lon-ñiha. Gi ini na manera, hinasson-ñiha i mañe'lu-ña na ni ngai'an na u hasso para u fandiningu sa' sumen didide' na lalåhi gi sengsong-ñiha ni' maolek para guiya pat maolekña ki nu siha.

Låo ha tungo' si Elena unu ni' mås di maolek para guiya. Yanggen ha ayu'os si tatå-ña yan i mañe'lu-ña para i che'cho'-ñiha kada ogga'an, tumohgenñaihon ha' didide' gi petta para u atan i finaloffån-ña si Jose. Ma gef tungo' si Jose kumu fayiyi na talayeru. Tehnga guiya tumuleleti huyong i galaide' siha para i taddodong na lugåt gi tasi ya ayu na pumepeska. Guiya lokkue' et mås metgot na nanangu gi sengsong (ha atmiti na metgotña ki ni unu gi mañe'lu-ña) ya ma tungo' lokkue' na lameggai na mampeskadot sinatbå-ña ni kana' ha' manmåtmos. Låo i guinaiya-ña mås si Elena nu guiya i takhelo' na inatendede-ña as tatå-ña ni' åpmamam desdeki bumi'udu i amko'. Ti mamparehu siha na familia yan i familiå-ña sa' put tåya' palåo'an gi familian-ñiha para u

faninayuda. Fihu ha hasso håfa mohon pusision i gima'-ñiha kåo tai areklo? Åhe'. Ha li'e' ha' na manu'usa gåsgas na katsunes, chinina, yan ma tufok na tuhong para u tinampe i matå-ña gi i atdao. Humallom: kåo guiya tumufok i tihong? I inatan-ña gi tinituhon put i maloffan ha' gi me'nå-ña. Låo, entre mås mo'na, ha sodda' na ha gegef atan kun enteres, manaliligao tiningo' put håfa na klåsen tåotao si Jose. Pues ha atan yan ha atatan yan ha ilao mås. Ha atende i kinalamten-ña – metgot, ma kalåmya; i famokkat-ña – grasiosu yan siguru, asiguråo taiguihi i haggan ni' ha gef tungo' i chalan para i gimå'-ña. Maseha inusesenta si Elena, guaha dumodokko' na siñente gi sanhalom-ña ni' nuebu para guiya. Ti ha tungo' trabiha na ti u nahong i trangkilu na di'årion lina'la' para guiya.

Un ogga'an annai ha pokåkkati si Jose i di'åriu na chalån-ña para i kanton tåsi, ha siente na kulan guaha uma'atan gui' todu påpa' gi famokkåt-ña. Sumen metgot i siñente-ña pues ensegidas ha bira i tataotåo-ña para u gacha' håyi ayu. Ha fåna' si Elena ni' tumotohge gi pettan-ñiha. Tumalak papa' chaddek si Elena, mamåhlao sa' ginacha', ya ensegidas humålom gi gima'-ñiha. CHumakka' halom si Jose, i kurason-ña gumaloloppe ni' minagof-ña. Guihi na mumento na ha tungo' na håfa minalago'-ña para u ma susedi, ayu lokkue' ayu minalago'-ña si Elena.

Gi sigiente ogga'an, enlugåt di u hånao pumeska, guaha si Jose ha atotga para u cho'gue: ha disidi para u falak i Gima'Yu'os direktamente kosaki guiya para u gaige guihi fine'nana åntes di u fåtto i palåo'an para u fanaitai. Lini'e' as Elena mientras kåkakalom ya kana' humuyong. Ha hasso, "Ai, håfa bidåda-ña guini? Håfa yu' bai cho'gue?" Ha fa'måolek i lipes-ña yan i pañulon-ña sin manhasso. Ha ugan maisa gui': "Nisisita bai fanaitai. Bai hu…bai hu såga." Netbiosa låo dumimu gi tatte-ña ya manaitai. Rinespeta as Jose ya ninangga. Ha tungo' ha' na dimasiåo petbetso ayu i para u cho'gue.

Ha hasson maisa, "Manachatli'e' i familian-måmi, låo ai na buninitan achetge." CHumålek-halom lokkue' ni' hinasso-ña nu guiya. Bumåtbaru ya ha ñangon i santatten ilon Elena, "Hu tungo' håo håyi." Ha hungok na humagong-halom kana' linimos. "Despensa yu'. Ti hu

håsngon muna'ma'å'ñao håo. Ayu ha' i ... Malago' yu' tumungo' håo," lålaolao i bos-ña. "Si Jose yu'."

Debi mohon si Elena na ensegidas u dingu i Gima'Yu'os. Enlugåt, kumetu ha' sa' nina'kåtma siñente-ña as Jose. I yomahlåo-ña i taotao muna'metgot gui'. Makkat na para ti u atan yan ti u hasso gui' sa' inestototba gi tinaitai-ña. Sigi ha' di ha tåyuyot i na'an i bithen, "Sånta Maria, Nånan Yu'os, tayuyuti ham ..." Ha hungok ha' na humåhagong. Gi hinasso-ña, kado' ha li'e' i obran i apagå-ña annai humåhagong hålom yan huyong ya ha esklåma ni', "Ai Yu'os!" Yan ta'lo, "Sånta Maria, Nånan Yu'os, tayuyuti ham..."

Gai respetu ha' si Jose nu guiya yan si Sånta Maria sa' ha nangga si Elena para u na'fonhåyan i tinaitai-ña siha. Annai kumahulo' para u fañongge danges, lameggai påsu tumohge-ña gi tatte-ña. Tåya' ha' trabiha ilelek-ña as Jose. Annai ha go'te para u songge i mecha, inadda' as Jose ni' otro danges ya umapo' didide' guatu as Elena para u nginge' i fresko na fina'gåsen pañulon-ña. Niñangon, "Hu tungo' i na'ån-mu. Todu i taotao i sengsong tumungo' håyi håo." Manatan fine'na kåo guaha tåotao gi halom Guma' Yu'os åntes di u adingani gui', "Hunggan, Jose." Ha a'atan ha' guatu i Bithen, bumendiditu ha' i kannai-ña. "Hu tungo' ha' na mana'adingan i taotao i sengsong put guåhu, ya put ennao na ti siña hit umali'e' na dos."

I lalaolao bos-ña muna'fanhasso si Jose para u fanaligao otro manera, un såfu na manera annai siña kuinentusi gui'. "Bai hu po'luluyi håo mensåhi gi papa' i imahen i Bithen. Elena, put fabot, kåo para un chule'? Ya si Elena ni' tumalakpapapa' gi addeng-ña ni' yomahlåo-ña, ha yengyong hunggan ni' ilu-ña ya ha konsiente i kurason-ña para u taitai maseha håfa tinige'-ña para guiya.

Entre i manmaloffan siha na ha'åni, tehnga humåhalom si Jose gi Gima'Yu'os åntes di u fåtto si Elena ya mamomo'lo empe' påppet siha ni' ha tugigi'i semplisiu na mensåhen guinaiya pat kaddada' finaisen siha. Manufresi, "Si Yu'os un gineggue Maria, bula håo gråsia..." para i Bithen, yan chaddedek ha' lokkue' humuyong gi Gima'Yu'os. Alos kuåntos minutos maloffan annai mamokkat hålom si Elena, dumimu gi fandemuyan yan ha sångan i urasion ogga'an. Despues di mañongge

I TRONGKON ATBOT

31

danges, ha hålla i pidåson påppet gi papa' i estatu'an i Bithen ya ha mantieni fitmeme i mensåhi ni' ha taitai gigon humuyong gi Gima'Yu'os.

Låo ti åpmam måtto i tiempo annai ha tutuhon si Elena umatan i estatu'a yan manhasso put håfa mohon siñente-ña yanggen ha pacha i kannai Jose. Ya si Jose lokkue', ha a'atan ha' i kinenne'-ña siha låo ti ha li'li'e' i guihan sa' manhahasso ni' attadok Elena. Pues, ha fa'bisio-ña si Jose ayu i para u e'kahat gi santatten i ligan simento gi hatdin gi gima' Elena para u ñañangon hålom. Kado' pumåranñaihon på'go si Elena fi'on i tinanom gollai siha para u ekungok i maggem bos-ña sumangåni gui' put håfkao siha bidå-ña gi tasi guihi na diha. Ma tungo' ha' ni' dos umaguaiya na hinasso na i chalan umaguaiya guaha nu kulan tai sensia yan tai ginånsia. Buente lokkue' piligru. Låo gigon ma totne i guafen i guinaiya, ti siña måtai.

Durånten unu nu este na klåsen kombetsasion gi ligan i hatdin, tumalakhihiyong gi bentåna unu na che'lon Elena ya ha ripåra i che'lu-ña na ha baba i pachot-ña kulan mananaitai entre i tinanom kalabåsa siha gi santatte na uriyan guma'. "Håfa este? Kåo mananaitai?" ha faisen maisa gui'. Låo ha ripåra na chumåchalek yan ha tåmpe i pachot-ña ni' kannai-ña. "Dimasiåo magof ini para u fananaitai," manhasso ta'lo. Humuyong gi pettan sanme'na i che'lu para u embelekeruyi håfa guaguaha gi santatte na uriyan guma'. Mås a'gang på'go i chakka' chalek-ña si Elena yan kontodu i a'gang na prinimeten guinaiya-ña para ayu i ti a'annok gi otro båndan luga. Annai ha engulo' håyi gaige gi tatten i liga ya ha li'e' na si Jose, listo i satnot-ña para u fanyågai gui'; kana' linachai todu i nina'siñå-ña para u po'lo påpa' i dos kannai-ña yan i trompon-ña, yan u na'ketu i satnot-ña. Mama'kilu ya ha ekungok i desperåo na niñangon Jose, "Elena, ti siña na ta sisigi ha' umassodda' taiguini. Este i umattok. Este na luga. I sikretu siha na mensåhi ya ni sikiera siña hu li'e' håo. Ta tråtata i umaguaiya-ta kumu basula! Låo hu sen guaiya håo. Ya hu tungo' na un guaiya yu'!"

"Ti siña hit umali'e' gi pupbliku. Jose, un tungo' ha' este!" Ha tåmpe i fasu-ña ni' kannai-ña, låo ti siña kumåti. Ti siña guini gi hatdin. Ha chatli'e' si Jose para u hungok na atborotåo gui'. "Estague'," ha yotte kun inadahi asta i otro båndan luga un bunitutu na pañulon ni'

a'paka'ña ki nu i bo'an tåsi. "Rigålu para hågu. Yan un påñu." Kumåti huyong ni' minagof-ña, ha chule' i pañulon, yan ha nå'na' gi betsan i lipes-ña.

Ha adingani, "Usa ini na pañulon på'go na puengi. Gigon ma ritira siha si tatå-mu yan i mañe'lu-mu para i puengi, hanåogui i puntan i sengsong. U ta asodda' guihi entre i talulo' na mandångkolon dinekko' trongkon håyu." Ha señas "hu'u" si Elena. Ha tungo' ha' håfa na mandångkolon trongko ilelek-ña. "Usa i pañulon. Lumåmlam siempre gi kandet i pilan ya siña hu li'e' håo desde i chagogo'."

Låo i che'lon Elena ha na'tungo' i tata yan i mane'lu-ña put i plånon dos umaguaiya. Sin håfa na ineskohi, tumunanas guatu gi gima' Jose i tatan-ñiha. Meggagai na såkkan manmaloffan desdeki i uttemu biåhi annai umakuentusi i dos tåta ya ayu na biåhi sa' annai sigi umadaggao ensutton bumulåchu siha. Låo på'go na biåhi i tatan Elena ha nisisita i ayudon i tatan Jose para u na'påra ini na piniligron plånu. På'go, i mañe'lon lalåhi ma disidi na sumen takhelo' i nisisidåt para u ma prutehi i enran i che'lon-ñiha palåo'an yan kontodu i na'an i familia. Manma kåtga i machetten-ñiha asta guatu guihi na mandångkolon dinekko' trongkon håyu. Ma ayek et mås dångkolo yan bihuhu na trongko ni' tumatachu gi talulo' yan inaridonduduyi ni ti manggef dångkolo na tinanom siha. Gi entalo' este siha na tinanom na ma atokgue yan ma nangga si Jose.

Manåsson påpa'gi tano' i mañe'lu siha; ti maolek lini'e'-ñiñiha as Elena, låo ma rikoknisa ha' pusision i magågu-ña, ya manluhan. Tåftaf måtto si Elena. Guihi na eksåkto na mumento annai manluluhan ha' lokkue', ma hungok ni' mañe'lu puru siha fineffo, kalaskas, mana'aka'guas, mana'aguesgues yan manmå'ma'pe' na råmas yan hågon tinanom: che'cho' manmakkat na påtas! Håyi chumocho'gue ayu siha na buruka gi entalo' i tinanom gi tatten-ñiha? Manma bira siha i mañe'lu kun tiempo para u ma li'e' un dångkololo yan sen lalålo' na babuen halomtåno' ni esta listo para u fanugong. Mana'atan attådok asta attådok i babui yan i mañe'lu ya annai mantenigong ni' babui, ma tåga' ni' atdedet para u ma såtba i lina'la'-ñiha. Låo' ma honño' i essalao-ñiha; ti ma na'a'gang i pachot-ñiha, potno u fanhiningok as Elena. Put

siempre ha hungok ha' si Elena i mimu. Ha li'e' ha' i santatten i babui entalo' i tinanom siha. Sumen dångkolo! Ya i a'gang na gumagågak-ña yan i trungketrong na chinaddek manyinaoyao muna'ma'å'ñao gui'. Malågu huyong gi trongkon håyu siha ya må'pos para i gimå'-ña. Ya annai ha dingon malågu i lugåt, ti ha siente si Elena na finalaguaihon gi ilu-ña ni' dilikåo, å'paka', yan botdåo na pañulon.

Ma li'e' ni' mañelu-ña lalåhi annai malålagu si Elena, ya nina'-fambanidosu sa' ma kumple che'cho'-ñiha para u ma espånta, pues ma bira siha tåtte para i gima'-ñiha ya mansatesfecho na ma tungo' na para u fåtto guatu si Jose guiya ha' na maisa. Despues di manmå'pos i mañe'lu, humuyong ginen i tinanom i mahåhaga' yan ma na'låmen na babui. Mamokkat despåsiu asta guatu gi dangkolon trongko ya gi uttemon i lina'lå'-ña, sa' ha nginginge' ha' i pao Elena gi pañulon, ha titek hilachas i pañulon, buente put i lalalolo'-ña sa' kumekemåtai.

Si Jose, ni' dinitieni as tatå-ña yan mamprimu-ña, ume'kahat huyong gi gima'-ñiha låo atrasåo måtto guatu para i lugåt. Gai tinanga kontra tinanga na gaige si Elena na ninanangga gui'. Annai mamomokkat guatu asta i trongko, ayu mås lini'e'e'-ña i antitek siha na pidåson i botdåo na pañulon ni mampinalala'i lokkue' håga'. Pumåra humågong si Jose. "Håfa este?" ilek-ña sa' ha gogo'te hulo' i pañulon yan ha a'atan i uriya ni puru råstron babui yan manma gatcha' yan manma figes na hågon yan tinanom ni' che'cho' i babui. Umessalao hulo' gi aire ya ha matdisi i pinalålan kurason-ña. Ha siente na måtai i espiritu-ña sa' ha tungo' ha' na ayu na måtai si Elena sa' put i apretåo na dinisehå-ña para u siha i dos. Eståba gui' gi halomtåno' sa' ha tågo' para u fåtto guihi. "Isåo-hu na måtai," tanges-ña kun siñenten tai ganas para u lå'la'. Ha disidi para u måtai yan guiya. Ti siña manli'e' ni' misen lago'-ña, pues ha takka' para u sodda' i se'se'-ña. Ha tupa i se'se' gi gedden sentorå-ña ya sin mannangga ha si'ok maisa gui' tåddodong hålom gi kurason-ña. Pumoddong ya ha hokse påpa' i kahaga' na botdåo pañulon. Ti måtai ensegidas ya tuho' huyong i hagå'-ña gi pañulon. Ha hagugungi hålom i pao Elena gi pañulon, ya kulan guinifi i uttemu na hinasso-ña as Elena; pues humuyong gi tano'.

Maloffan nos kuåntos oras despues, ya annai manlålanan i tata yan i mañe'lu-ña gi kåman-ñiha, ayu na ume'kahat huyong gi gima' si Elena. Ha tåtanga kontra tinanga na måtto si Jose ya ha disidi para u såga ha' guihi maseha taigue gui'. Buente gaige na mamaigo' entre i mandångkolo na trongko siha mangguiguifi na siempre u bira gui' tåtte. I båtbaru as Elena ha bira gui' tåtte gi taddong puengi asta i trongkon håyu siha ya ha sodda' si Jose na mamaigo', umå'asson gi entalo' i hale' etmås dångkolo na trongko. Mayeyengyong yan bumabaila i kurason-ña. Ha siente i minagof lumå'la' ya listo para u tinektok as Jose yan u achamaigo' gi papa' i puti'on siha. Låo annai lumahihot ha ripåra håfa eyu i pinentan rayåo å'paka' entre i agaga'; nina'ma'å'ñao na guaha sen baba bidan-ñiha i mañe'lu-ña. Ume'kahat, ya mamokkat kun inadahi asta guatu gi guinaiya-ña, i sumin dogga na addeng-ña todu pinalala'i ni' dangson håga' gi hagon siha, ya ha li'e' i se'se'ni' chetton taddodong hålom gi pecho-ña. Dumimu gi fi'on-ña. Ti umessalao a'gang si Elena. Umatalak i attadok-ña ni' mina'a'ñåo-ña ya kåtma bos-ña annai ha ñangon, "Hu guaiya håo, guinaiya-ku. Ai Jose, hu tungo' na un huhungok yu'. Hu guaiya håo, asaguå-hu." Ha atan ta'lo un biåhi i bunitutu na Jose-ña, ni' matatnga, gai ginefli'e', yan metgot. Ha hålla huyong i se'se' ya ha si'ok maisa gui' lokkue' tåddodong hålom gi kurason-ña', ya misisen i hagå'-ña ni' milalak huyong kulan saddok triniste yan minahålang ni' tumåmpe enteru i ma sisi na botdåo pañulon, i hale' i trongko, yan todu i tano' gi uriyan-ñiha.

I lalåhi gi todu i dos familia, annai manmakmåta para u fanhånao mameska, ayu na ma deskubre na taigue i patgon-ñiha. "Låo måtto ha' tåtte gi gima', Tåta. In li'e' ha' gui'." Ensegidas humånao i tata asta i gimå'-ña si Jose ya bububu pinangpåpang-ña ni' petta. Ma blångkon ma baba i petta, tumohtohge i tatan Jose metgot yan un kannai gumogo'te un panak håyu. "Taigue i hagå-mu guini yan ni i lahi-hu lokkue'!" CHaddek inatburota i tatan Elena. "Pues nihi fan. Tumulanoche buente i dos guatu gi mandångkolon trongkon håyu."

Manmalågu i lalåhi siha asta månu na para u asodda' i dos umaguaiya kosaki u ma na'påra håfa i mina'å'ñao-ñiha na esta monhåyan. Kåo manatrasåo siha? Entre mås ma hihuti i lugåt, ma ripåra na hunggan

guiya i lugåt trongkon håyu låo guaha ma tulaika-ña. "Dipotsi para u asodda' guihi guatu na dångkolon trongko, tåta, låo…" Todu i hinasson-ñiha manma enterompe annai ma li'e' i trongko ni' esta ti bihu yan muñañaba' låo mås lå'la' yan mås bula hagon-ña ki nu i maloffan na pupuengi. Kåo måtan lumalå'la'? Mamugu todu i kannai-ñiha. Mamåra manmalågu asta guatu gi trongko. Gi i lugat annai manohtohge, kulan mimilalak håga' papa' i trongko. Mansiguru i mañe'lu na guiya este na lugåt, låo mane'kahat finamokkat-ñiha guatu gi trongko. Guaha guini ti dinanche. Ma ripåra i dos umaguaiya na umå'asson hihot gi papa' i trongko, låo ma ripåra lokkue' na tinampe i tano' ni' puru hillet kåhet yan agaga' na ohas flores siha. Entre mås manlahihot, manma li'e' na ti manohas flores pat hågon siha, na i tano', i acho' siha, i manalakhihilo' na håle' siha, i cha'guan siha, todu mantinampe ni haga'. I trongko ni' kulan lumåla'la' yan humåhagong, kulan måsmamai ni' agaga' yan mahåhaga' na tåno'. Annai esta manggaige gi fi'on i kannai i dos umaguaiya, poddong påpa' i tatan Jose gi temmo-ña ya todu duru mangåti i tatan Elena yan i mañe'lu-ña lalåhi. Esta ti mansinesengge ni' mambinibon-ñiha; i guafi gi haga'-ñiha mampinino' ni' lago'-ñiha.

Kun inadahi, ma hoggue ni mañe'lu i tataotao i dos umaguaiya asta guatu gi sengsong. Tumohge i dos tåta gi papa' i trongko, uma'atan sa' ti fahongge, mañoñotsot, yan ma a'atan i kahaga; na odda'. Håfa mohon i kinemprenden-ñiha guihi na mumento? Na i umachatli'e'-ñiha pumuno' i lina'la' i patgon-ñiha? Håfa taimanu para u ma usuni manlå'la' gi sen na'ma'ase' na lina'la'-ñiha?

Semplisiu i dumanña'-ñiha tåtte i dos åmko': umafakcha' ha' gi chalan, ya yanggen ma susedi este kumuentos put si Elena yan i manmånnge' na fina'tinås-ña siha na nengkanno' o sino put si Jose yan todu i guihan ni' peskåka-ña. Despues, ma planeha amånu na para u asodda': un biåhi gi simåna, dos biahi gi simåna, mambalåha tres puengi gi simåna. Ma tulaika i kombetsasion desde as Elena yan si Jose asta håfa na hagas chini'ot ni' ni unu gi dos gai iyu. Ya umadingan i dos put i trongko kada Abrit pat Måyu, gi tinilaikan i klema yan tinituhon mamflores. Ma sångan put i buninitu-ña i trongko yan i minetgot-ña ni' tumatachu gi talulo' entre todu i trongko siha.

Meggagai na tåotao gi sengsong, put meggagai na såkkan despues, manmana'achetge yanggen ma a'atan dos na bihon tåotao mamomokkat kada ogga'an para i galaide'-ñiha para u peska. Bula minagof kuentos-ñiñiha i taotao lokkue' yanggen manmambisita i mañe'lu guatu gi hagas na guma' i difunto Jose para u ma ayuda yan ma asiste i bihu ni' gagaige ha' guihi. Ya asta i tai hinekkok na tiempo mandanña' ya mana'na'i despensasion i familia kun minagof yan guaha na biåhi gi trinesti yan sinetsot.

Entre i manmaloffan i sakkan siha, i ohas i flores gi trongkon åtbot ni' tumohtohge gi talulo' gi trongkon håyu siha ma tulalaika hillet-ña desde i bibubu na agaga' na kulot håga' asta guatu gi ma'lalak na kulot kåhet gi atdao talu'åni. Este na hillet i atdao u na'fanmanhahasso i manåotao i sengsong na entre todudu mås mama'lak i manasi'i.

HINASSO 2

Tåya' mås båba sabot-ña ki i kanden Almond Joy: kanifes yan taiminagof, mandangson na pidasiton sensen niyok, manachaparehu manmineddong-ñiha yan fotmasion-ñiha, ni' tehnga ma tåtampe i mampao rånsio siha na *almond*, yan todu enteru mambenalulutan ni' chatta' gai sabot na chukulåti, ni' kulan tai binali. Hu chatli'e' ha'. Yanggen guaha ume'egga' i suabi yan gefpa'go na magåhet na sensen niyok ni' mamopoddong manmimilalak papa' ginen i puntan i chachachak gi kamyo ni' pusision i atdao; yanggen guaha ayu i ha supok ha' hålom i kannai-ña entalo' i pa'go manma kåmyo na monton kinamyon niyok para u såhgue' palo gi minames na bagåsu asta guatu gi halom i pachot-ña, ayu lokkue' na tåotao siempre u chatli'e' i *Almond Joy*.

Gi klas i singko grådu, si Sinora Garcia, ni' ma'estrå-ku gi CHamoru, ha fa'nunu'i i klas unu na inegga' na dukumento put despues di i Gera II. Este na sho put i trongkon niyok. Binaba i inegga' annai a'annok un di'åriu na hubensitu, un låhi ni' dalalai yan kulan å'atilong, na eståba gi un kånton tåsi ya sinasade'. Sumen fayi umekulo'-ña hulo' gi trongkon niyok para u fåmfe' niyok. Mana'achatge i famagu'on siha sa', guihi na tiempo gi 1978, ni unu giya hami tumungo' håyi minagågagu taiguihi. Buente kana' ni unu entre hami todu tumungo' håyi sisiña ha' humotde i trongkon niyok taiguihi na chinaddek, yan ti måtto giya hami kåo islan Guåhan ayu na isla pat åhe'. Låo taiguihi bidan-

måmami ni' mangga'chong put sho ni mamput i islas siha, ayu i sigi di in tutuhon umespiha lugåt ni' kulan in rikoknisa, yan mana'afaisen yan mana'asangani ham a'gang huyong ni', "Hei! Kåo iya Ipao ayu?" pat "Pusision i tihu-hu adei ayu annai hohoben gui'!" Kaddada' håfa in e'egga' ni meggaiña ti in hasso. Ayu mås i chetton yan kumadidak i titanos-hu i litråton mansen lå'la' yan mambetdede na trongkon niyok ni' mamifila mansen gåtbo gi uriyan i kanton tasi. Kulan un a'atan un litråtu, ya guennao gi 1978, tåt na ma konne' yu' para kånton tåsi ni' taiguihi na mineggai trongkon niyok, ni' manmama'hålom tano' ha' ni' manchinemchom-ñiha.

Gine'tte hinasso-ku ni' ayu na mimoria, ya hu hasso ha' håfa ilelek-ña i taotao ni' kumuekuentos put i pinot i niyok. Ma muebi i litraton i kanton tåsi asta guatu gi un åtilong na palåo'an ni' potpot kudu-ña ni' ha u'usa i kannai-ña para u lachai fumugo' tododu huyong i lechen niyok. Ya kinenne' yu'. Håfa ayu? Ya ginen ayu na trongko, sigun i bos ni' kumuekuentos, siña manmafa'tinas håfa siña manma kånno', dahok, yan para liheng, todu hafkao siha na nisisidåt para lumå'la'. Ayu na mimoria, ni' na'pechao yan dalai na kulan nuebu na tiningo'-hu, muna'fanhasso yu' put i milagrosu na niyok: un trongkon ni siña sumåtba håo lumå'la'. Un trongko ha'. På'go nai adei, hagas hu tungo' put nengkanno' ni' siña un fa'tinas ginen i niyok. Hu tungo' ha' lokkue' i usu-ña para tinifok hafkao siha: ayu ha' na gue'ha ni' iyon-måmi puru siha tinifok ginen i hagon niyok. Låo para kinahat guma'? Hu hasso måma'pos guatu gi gima'-måmi despues di ayu na klas CHamoru ya hu sangångani si tatå-hu, ni' CHamoru, yan kumekemåtai ni' kånset guihi gi 1978, put todu i usu-ña siha i trongkon niyok. "Yan siña un usa para un fangåhat guma' lokkue'!" ilek-hu. Ha chatge yu' ya ha sangåni yu' na i che'lu-ña as Diddi i hihotden trongkon niyok gi familia; ayu baniduså-ña i siña ha hotde maseha håfa na trongkon niyok. CHumiche' gi asson-ña. Ya ayu na chiche', gi minagåhet, yan i guinaiya-ña as Ante Diddi parehu yan guåhu, ni' dumadanña' yan i sumen didok na tiningo' put i trongkon niyok, bumense i mina'a'goddai-hu na guinaiya-ku nu i niyok.

Sumesen banidosa yu' ni' yiningå-hu trongkon niyok entre fina'tinas åtte-ku siha (litråton i uriyan tåno' yan guma' mudetno ni'

guaha trongkon niyok tumotohge guatu gi akaggue-ña). Manggågagao yu' na para guåhu bai hu kåmyo i niyok ya gef atendida yu', mientras tumotohge yu' gi santatten i dikike' na tataotao guella-ku gi me'nan i hetno, para bai hu li'e' håfa taimanu mama'låñan niyok, pat tumika. Hu gef atan i santatte na uriyan guma' ya hu ayuda si nåna-hu umarekla i dinekko' niyok siha ni' mandokko' ha' gi manu na pineddong-ñiha.

Låo guåhu ayu i pinat mangguiguifi durånten i tiempon ilimentåriu. Durånten i umeskuela-hu eskuelan takhelo' ma såffe gi un bånda i trongko. CHe'cho' mañottera mås manempottante ki håfa guaguaha gi santatten uriyan guma' nanå-hu. Mumalingu i enteres-hu ni' kamyo ya måtto di ti ya-hu i pao biha, ayu i pao låña, låo sisigi ha' i ma uså-ña i niyok entre i di'åriu na lina'la'-ñiha i famalåo'an siha gi familiå-ku. Gigon ha lalaknos si nanå-hu i machette-ña, hu tungo' na måtto i tiempo para u fåmfe' niyok gi mandikike' trongko-ña. Kada simåna mangåmyo niyok ya ha fufugo' i bagåsu ni lechen niyok para u usa gi fina'tinås-ña. Ha na'gågasgas yan ha popo'lo i ha'iguas siha para u ma usa kumu tason o sino para lusong. Ha sosongge i ha'iguas para u fampinino' i ga'ga' trongko siha. Ha na'lågu i kinamyon niyok para u famå'låñan niyok; ha palala'i låña i gapotilu-ña ya ha prumeti yu' na ni ngai'an na u chunge' i gapotilu-hu yanggen hu cho'gue parehu. Ha palala'i lokkue' i riuma na temmo-ña yan ha balutan ni' bihu na franelå-hu ni' ha na'gine'te ni' Ace na tåmpen chetnot. Åmot ayu i niyok. Nengkanno' lokkue'. Prudukto para bumunita yan uson mama'tinas gi kusina. Kumu guaha niyok pues annok na di'åriu i klasen lina'la'. Ya yanggen di'åriu i lina'la' i hagan CHamoru ni' ma poksai gi kostumbren Amirikånu, pues esta båli adei i lina'lå'-ña.

Må'pos ma kulehu yu', ya guaha siha manafakcha'-hu ni' ti manggef manma emfotma na manåotao Sanlagu ni' yanggen ma sångan "trongkon niyok" i adei sa' nina'fañågogo' fanatan-ñihan kulan gagaige ha' sabot i maitai pat i pao-ña gi hila'-ñiha. Tehnga ya-hu ha' mohon na hu go'te i apågan-ñiha ya hu yengyong ni' diruru ya hu essalålaogue ni' "Båsta yu' ma na'brinasehan ha'iguas!" Durånten ayu na tiempo guihi guatu gi sen dångkololo na siudåt na hu sotta i guinaiya-ku nu AYU na trongko sa' ma na'hulo' ni' manåotao Sanlagu ya hu kekekurihi siha na otro mås sostansiå-ña i trongko fuera di simbolo put ma eskapåyi i lina'la' di'åriu, put manengkantåo yan manggårañon na manaotao tåno', yan kumu minagof na diningon i kulot åpu na ufisinan-ñiha. Ti di'åriu i trongkon niyok-ñiha. Sumen chatpa'go gi hinasso-ku. Dimasiåo ma na'semplisiu gi put todu i tiningo'-hu. Tai tiningo' yu' hu asigura siha put håyi na Gilligan yan tåya' Ginger ni' manu'usa anakkoko' na bestidu mientras mama'titinas pån måhna! Hu na'påra umusa i palåbra "tropical" guihi na tiempo desdeki i 1985 asta i 1989 annai todu i manmåmangge' na manåotao Amerika yan i tinige'-ñiñiha manmanesklåklama put kotturan tåotao yan manma sapbleblete kada fåson Amirikånu ni' tiningo' kotturan tåotao siha. Låo guåhu, hu prutehen maisa i estoriå-hu siha. Mamatkilu yu'. Håyi adei mumalagugu'i para u na'tungo' put i lina'lå'-ña ya para u ma sumåria ha' kumu trongkon niyok yan lupes chå'guan. Ti guahu. Ya gi minagåhet, ilek-hu na tåt gai bisnes para u fanungo' put i islå-ku.

Gi tinituhon i nuebu na mileña hu disidi para bai bira yu' tåtte para i tano'-hu. Ya malago' yu' sumåga' gi tano'-hu. Munåna yu'.

Annai måtto yu' tåtte yan i neneni ha' na patgon-hu, ti manmalålayu trabiha i trongko siha. Magof yu' umentrodusi i neni para i uriyan guma' i guella-ña. Ayu nai ha kunanafgue guatu yan ha tohne gui' kontra todu i trongko gi uriyan guma': i abas, i ates, i lemmonchina, i kalamanse', yan i tres na trongkon niyok. Manlåla'la' ha' trabiha ya mantenitife' ha' i tinekcha'-ñiha as nåna (esta ma'pos si nanan biha). Para este na neni, tåya' para u desatiende pat u fa'gai engkantåo ni' i niyok. En lugat, rigålu ini para u ma pacha, ma eksperensia, ma nginge', put freskon månglo' yan sombra. Ha komprende na gaige lokkue' gi trongko i siñenten guinaiya yan lina'la'. Kada ogga'an hu na'kunanaf, na'fata'chong, yan hu na'asson i neni-hu i tataotåo-ña kinikubre ni' edda' gi santatten guma'.

Ya annai dimasiåo dikike' i santatten guma' para i lahi-hu, annai otdenåriu esta para guiya i betden chå'guan yan agaga' na odda', måtto giya guåhu i metmomot yan betde na dinekko' trongkon niyok yan i ti manmataotåtague na kånton tasi. Ti hu na'fåfatto gui' guåtu gi iya Tomhom, sa', para guahu, ma tulaika ayu na lugåt kulan anineng

håfa mohon ginen eståba – esta på'go puru ha' manlokkaka' na hotel plumånta i manlokkaka' na trongkon niyok. Ya hu tungo' ha' na debi para bai hanaogue hulo' iya Litekyan. Hu taimamalågue numisisita lumi'e' i trongkon niyok siha, manmotmomot yan manmeggagai gi prifekto na kånton tåsi. Sumen atdet i minalago'-hu. Yan hu nisisita para u fanlini'e' yan u fantiningo' lokkue' ni' i patgon-hu. Låo estague' på'go i patte gi estoria-hu annai esta ti siña hu esplika put sa' håfa na hu nisisita este na trongko. Hu sugon i daloggai na kareta-hu ya en mesnguni i na'bubu yan puru måddok na chålan asta Litekyan, guåhu ha' yan guiya, este i lahi-hu, ni' måtto tåtte para u såga, kosaki para bai in fatå'chong gi hilo' i maipepe yan å'papaka' na unai gi papa' i pruteksion un trongkon niyok. Un trongkon niyok.

Ya i lahi-hu, ni' disisais años-ña på'go, annai hu faisen gui', "Ke, låo håfa hinasso-mu put i trongkon niyok?" Ilek-ña, "Otdenåriu," ya pumarannaihon, "Låo esta ti manmanonokcha' i trongko-ta."

JOSEPH CERTEZA

I TRONGKON NIYOK

I famagu'on Fo'na ni' mañåga tåtte gi isla, mandanña' mañåga ya manma fotma siha kumu difirensiao na grupon familian kosaki u mås ma na'siña i chansan-ñiha manlå'la' gi nuebu yan bunitu na tåno'. Manmama'liheng gi liyang siha ya didide' nisisidåt-ñiha para magågu, achok ha' manlålaolao gi pineddong uchan yan an pupuengi. Mameskan tåsi yan tåno' yan manma aliligao håfa na gå'gå' para na'-ñiha, ma u'usa i kalåktos na linasguen åtmas acho' siha. Ya yanggen dimasiåo ti nahong ni' peskan-ñiha, manma kånno' håfa na simiya yan tinekcha' guaha ya ma nåna'i tiempo i tano' para u fandokko' i tinanom yan u fanmanokcha' ta'lo.

Entre unu guini na familia, guaha un che'lon låhi yan un che'lon palåo'an. Annai påpatgon ha' i dos, låla'la' lokkue' i nanan-ñiha yan i tatan-ñiha, ni' sumen ma gofli'e' yan ma atende i dos. La'amko' na påtgon i dos annai achamatai i dos sainan-ñiha. Ma sangåni na ma puno' i tata annai guaha mumu entre grupon familia. Pinino' i nana ni' sen takhelo' na kalentura, låo meggai tumungo' na måtai put piniten kurason. Kulan ha påsa påpa' para i dos patgon-ña i piniten kurason-ña sa' sen inafekta ni' minalingon-ñiha. Ma'å'ñao lokkue' nu i sichu'asion-ñiha, ya dimasiåo gai idåt para otro u pineksai, pues umana'i prinimeti na u a'adahi gi lina'la'-ñiha sa' siha ha' na maisa gi tano'. Acha'umadipende siha ni' lumå'la-ñiha, ni' kumeke'ilek-ña na i lahi para u peskåyi para na'-ñiha i dos. I palåo'an lokkue' debi di u hasso i fina'nå'guen nåna para u fanaligao para kinanno'-ñiha, pripåra i nengkanno', ya u arekla i liheng-ñiha.

Sumåga uma'attok gi liyang-ñiha an ha'åni, keketu yan humuhuyong yanggen para u peska pat u fanaligao nengkanno'. Ya mångge i grupon familian-niha? Gof siña mohon na u ma ayuda i dos chume'lo, låo lumå'la' maisa i dos put mina'å'ñao, inusente yan trineste. Ma gef tungo' ha' ni' grupon familia na didudok i dos gi pininiten-ñiha pues guaha ha' na biåhi, kun silensio yan sin sirimoñas, na manmannå'i guatu palu gi guinahan-ñiha guihan yan kinisecha ni' siña manma prubiniyi. Ni un membro gi grupu numanangga na guaha para nina'en-ñiha tåtte i dos patgon piot sa' sen na'ma'ase' i sichu'asion-ñiha.

Un diha annai måtto i dos tåtte ginen manaligao para na'-ñiha, ma sodda'-hålom un åmko' na palåo'an gi liyang-ñiha. Ha heheddo gui' i biha, sen mayåye' yan masoksosok, ya sumin dadahok fuera di kana' enteru binalutan i tataotao-ña ni' anåkko' yan å'pakaka' na gapotilu-ña. Kako'-ña kulan ayu mohon i ma trångka na machålek gå'ga', låo annai på'go mana'atan i tres, annok na mames ya esta lålamlam i fanatan-ña. Nina'sen yo'ase' i dos annai ma li'e' sa' sen malåyu yan kalan tai lina'la' tataotåo-ña. Ni håfa ilek-ña nu siha, ni sikiera esplanasion put håyi gui'. Kåo ginen i grupon familian-ñiha mohon? Låo ti put håfa, maskeseha tåddodong minamåhlao-ñiha, yan gef ma'å'ñao nu i lina'la' i tano' gi sanhiyong i liyang, ma chalehgua' i kurason-ñiha para i sen na'ma'ase' na biha. Ma asiste, ma fa'måolek, ma na'boka ni' håfa nina'siñan-ñiha. Sa' put sumen dilikåo i tataotåo-ña yan para u ma ayuda para u lametgot, ayu na ma na'boka ni' mås mames na påtten tinekcha' yan mås måolek na påtten sensen. Ma na'asson lokkue' gi mås ti manengheng na lugåt gi halom i liyang.

Ma asiste put meggagai na ha'åni, låo ni un fino' sinangångan-ña i amko' para i dos chume'lu. Ni' siha lokkue' ti ma kekekuentusi gui'. Gi minagåhet, tåt håfa båba para sinangan-ñiha i dos ni' put ti mana'akuentusi yan i bisita sa' sumen mames i fanatatan-ña. I biha ha na'ma'lak i hemhom na liyang ni' mames fanatan-ña yan achetge-ña. Entre mås mumetgot salut-ña i amko' put i inasisten-ñiha, mås lokkue' mumagof i dos chume'lu. Ya i mina'lak i attadok-ña yan i minames i chatgon-ña muna'mås metgot i kurason-ñiha gi kada ha'åni na mañisiha.

Maloffan tres na ha'åni ya ma nisisita mås nengkanno', pues ma dingu i dos i liyang para u fanaligao ta'lo håfa para na'-ñiha. Tåftataf gi egga'an

na humånao ya måtto tåtte esta ha' gef painge. Annai humålom ma fakcha'i i biha na mamaigo'. Ma hasso na buente ñåhlang. Yina'ho ni' che'lon låhi para u chocho. Ha pangpang didide' i apagå-ña låo måmachom ha' i mata'-ña. Ha toktok guatu para u nina'fatå'chong. Mamaipe ha' i tataotåo-ña låo lamas påpa' gi gine'te-ña; ha siente na kulan pappan paluma. Ti ma rikoknisa na kumekemåtai maskeseha ma tungo' ha' put finatai. Låo annai ma komprende na hunggan kumekemåtai, duru di tumånges i dos. Hinihingok i katen-ñiha ni' biha ya ayu na ti siña trabiha humånao; ha baba i matå-ña ya ha fåna'. Ilek-ña, "Patgon-hu, sumen måolek hamyo nu guåhu. Malago' yu' numå'i hamyo nu ini na rigålu." Ayu na ma gacha' i dos na manakiki'om i agapa' na kannai-ña. Annai ha baba na ma li'e' na manggogo'te un simiya. Ha gogo'te fitme kulan mohon ha gogo'te i lina'lå'-ña. Ha pega i simiya gi kannai i che'lon palåo'an. "Håfot ini na simiya yan guahu, ya i espiritu-hu en inayuda entre todu i ha'ånen-miyu." Pues ha huchom i matå-ña.

Maskeseha todu ma håtme enteru i halomtåno' nu i dos chume'lu, tåtnai na ma li'e' taiguini na simiya ni' nina'en i biha. Ha aki'om maffoñot i simiya i palåo'an taiguihi i inaki'om-ña i amko'. Tulanoche di ma bela i amko'. Gi egga'an annai ma ripåra na tai kinalamten yan manengheng i tataotåo-ña, umessalao huyong i dos "Nanan Biha!"

Gi minagåhet, maskeseha i dos påtgon mampos pininiten-ñiha ni' matai i dos sainan-ñiha, mumetgot ti mama' i taguan ni' finatai i amko'. I gef måolek na inatenden-ñiha ni' sen na'ma'ase' na biha numå'i siha dångkolo na komfi'ånsa para u yo'ase'. Nina'magof para u ma na'chocho yan ma na'såfu i biha. Ginen i mames chiche'-ña yan ñangon na agradisimento ginen i biha muna' båtbaru i dos. Gi latalu'åni annai monhåyan ma na'gåsgas yan ma na'listo i tataotao para u ma håfot, sin håfa na mina'å'nao, ma kåtga huyong gi liyang si nanan biha asta i kanton tåsi. Ma guaddok i naftån-ña. I patgon palåo'an ha tattityi i minalago' i biha; ha tånom i simiya yan i amko'.

Ti gef åpmam maloffan na tiempo, annai i dos chume'lu ma bisita i naftan i biha. Umå'a' i dos annai ma ripåra na guaha trongko dumodokko' hulo' ginen i naftan. "Atan ha'," ilek-ña i palåo'an. "Esta dumodokko' i simiya. Siempre u ta li'e' håfa na klåsen tinanom i humuyong-ña." Kada ha'åni ma bira siha tåtte ya ma atetende kuånto esta dinangkolo-ña i tinanom. Gi un simåna na tiempo, dumångkololo hulo' i trongko kun hågon ni' kulan

taiguihi i gapotulon i biha; lokkaka' yan dalalai na kulot åpu i trongko, kulan taiguihi mohon i kulot fasu-ña i biha. Låo sumen metgot i trongko, buente kulan i minetgot i biha gi hineben-ña. Gi inatan-ñiha i dos ni' i trongko, esta ma tungo' na magåhet i prinimeten i biha nu siha. Tåt ha'åni maloffan ya ti ma bisita i trongko; achama kuentutusi guatu i hale', i hagon-ña, yan ma karirinu guatu i flores i trongko annai måpta' i baina ni' gumogo'te.

Ti gef åpmam na tiempo maloffan annai mås lumokka' i trongko ya manmama'fruta i flores. Ha hotde i lahi i trongko ya ha hulos i finu na låssas i tinekcha'. Gai minappot ha' annai ha tife' palu na tinekcha' ya ha yotte påpa' gi i che'lu-ña. Ma sodda' na siña ma puga' huyong i lassas i tinekcha', ni' despues umannok i pinot ni', annai ma na'suha, ai sa' guaha un aridondo yan kulot odda' na mahettok tinekcha' gi sanhalom-ña. Gef animosu i dos. Gi todu håfa ma eksper erensia, malalaknos otro na nuebon eksperensia. Ma hasso: håfa mohon guaha guini gi sanhalom ini na aridondo yan mahettok na tinekcha'.

I lahi ha rikohi lameggai na tinekcha' ni' despues ha na'fañuha todu i pinot ya todu este manma chule' guatu gi liheng-niha. Kada mahettok na tinekcha' kulan fåsu mohon ni' guaha dos na åttelong aridondo ni' kulan åttadok, yan otro na sitkolo gi papa'-ñiha ni' kulan påchot. Kana' ha' parehu mineddong kada tinekcha' yan i ilon i che'lon palåo'an. Umachatge i dos ta'lo; nina' hasso i dos ni' fason i nanan biha.

Ma batångga todu i tinekcha' guatu gi liyang ya umatahgue i dos ma dåggao påpa' i tinekcha' kontra i acho' ni' satgen un bånda gi liyang para u ma pokka'. Hunggan, sumen mahettok i tinekcha', i ha'iguas i tinekcha', låo, annai må'pe, å'paka' yan mañaña' i sensen gi sanhalom. Uma'achetge i dos; sumen mañaña' yan lakse' i sensen gi halom i pachot-ñiha, yan gai minames ha' para u nina'satesfecho i niñahlang-ñiha. Guaha lokkue' palu gi tinekcha' sinahguan-ñiñiha hånom ni' muna'satesfecho i mina'hon-niha. Ma hasso, "Håfa mohon na tumaiguini ini?" Ini na tinekcha' parehu nengkanno' yan gimen. Gi hineben-ñiha ma tungo' ha' na tåya' otro taiguini na tinekcha' guaha gi halomtåno'. Ma nå'i si Nånan Biha dångkolo na agradisimiento, sa' gagaige ha' gi fi'on-ñiha, ya mamprinibininiyi ha' ni' nisisidåt-ñiha para todu i tiempo gi luma'lå'-ñiñiha. Taiguini siempre na u fina'måmaolek as Nånan Biha put meggagai na såkkan siha.

Låo ti siha ha' i dos prumibininiyi ni' fruta. Gi ayu na mumento annai ma deskubri i sabot yan i rigålu ginen i biha, ma siente ni' dos chume'lu na mumalago' i biha na u fanmana'chagi lokkue' i taotao i grupon familia. En lugåt di u ha bira siha tåtte para i na'mahålang yan homhom na liyang-ñiha kun todu i minalago'-ñiha na fruta, ma baba i kurason-ñiha ya ma po'luyi palu gi tinekcha' para i membron i grupon familia. Meggai na simåna maloffan, annai måtto i tiempo, na manmambisita i membron i grupon familia guatu gi dos para u ma nå'i agradisimento put i fruta. Ayu na ma sangåni i taotao siha put i biha ni' put i yine'ase'-ña na nina'i siha ni' trongkon lina'la'. "Debi di todu i tiempo u ta fa'måolek este na trongko," ilek-ña i che'lon palåo'an. "Sa' ginen i minaolek-ta yan i ayudu-ta ni' trongko na u fa'maolek hit lokkue' i trongko," ilek-ña i che'lon låhi. Annai todu manhånao tåtte guihi na ha'ani para i kanton tåsi, manma li'e' ni' taotao siha na en lugat di unu ha' na trongko, i fine'nana na trongko mañusu ya luma'chok ya ginen i un trongko humuyong meggagai na trongko siha ni tumåmpe enteru i tano' gi uriyan i kanton tåsi. Ya kada trongko meggagai tinekchå'-ña.

Guihi na puengi, manmaigo' todu i membron i grupon familia yan i manhinaspok-ñiha ginen i mames na chugo' yan månnge' frutan i dichosu na trongko. Gi finaloffan i tiempo, sigi ha' manmanungo' mås i taotao put i trongko yan ginen este na dinekko', tiningo' na siña mandokko' gi manlachago' na lugåt kontra i liyang-ñiha. Manma usa i manmetgot na trongko siha para u fanmangåhat nuebu na guma', manmanhigai para i atof i gima' ginen i hagon, yan manmåmfok guåfak para asson-ñiha. Manma songge i pinot para guåfi yan minaipe kontra i manengheng. Manma usa i tinekcha' para nengkanno' yan låña. Ma lommok i hale' para åmot.

Pues put i mansenestieni i lina'la'-ñiha i taotao ni' trongkon lina'la' na ayu na ma na'fandokko' yan manma atende måolek i trongko siha taiguihi i guinaiya ni' ma nå'i i nanan biha ni' dos chume'lu. I trongkon niyok ha nå'i nuebu na lina'la' i dos chume'lu, yan ha nå'i lokkue' lina'la' para i taotao siha. Ha prubininiyi todu i fuma'måmaolek gui'.

Ti bibubu na klåsen trongko i trongkon niyok; ti manma'lak kulot-ñiha i flores-ña; ti a'gang, gai mudesto, yan dalalai. I hagon siha ma tåtampe i abondånsia na nina'en lina'la' gi sanhalolom-ña.

KAITLYN B. MCMANUS

I TRONGKON LEMMAI

Durånten i tiempo despues di sinisedi gi Acho' Fuha yan manmafañågu i Mamfine'nana na Taotao Tåno', annai nuebubu ha' i tano', eståba dos na låhi ni' mås metgogot yan mås tomtotom na tåotao ni' ma acha'ayek para a'adahi yan ma'gas i taotao siha. Este i dos, ni' chume'lu, ma ma'gåsi i isla kun inafa'maolek yan pås. I heben na che'lu a'adahen i sanhaya na lamitå gi isla; ya i amko' na låhi guiya umestapblisa i raino-ña gi sanlagu na lamitå gi isla. Gi taiguini na manera na manggef måolek lina'la'-ñiha i dos manggåfi sa' manlåla'la' ginen i tano', manggef saga, ya entre mås mo'na i tiempo mås malåyan i familian-ñiha yan manafa'maolek-ñiha.

Låo, ai adei, despues di sumen meggai na såkkan manmaloffan annai manlåla'la' i taotao ginen i abondånsian i tano' ni' nina'en Pontan yan Fo'na, måtto i tiempo annai ma siente ni' manåotao Sanhaya na ma tulaika chalån-ña i manglo' yan manchachathinasso lokkue' ni' ngai'an mohon na u fanmanggåfo' i trongkon niyok. Un såkkan ti poddong i ichan, pues ti pumoddong gi otro na såkkan, yan ta'lo gi otro-ña na såkkan. Ya ti malago' lokkue' i addedet na minaipe na u suha gi tano' gi un såkkan, pues gi otro såkkan, yan gi otro-ña na såkkan. Sin i ichan yan sin i gai minanengheng na guinaifen månglo', ti manmåtto i guihan siha, piot i mandångkolon guihan tåt kumu i butagui, i alu, yan i båtto gi naturåt na finatton-niha gi sakkan; mamåra ha' mannangu gi tasen Sanhaya. Ya entre todu este na siñåt tinilaika siha, sinedda' i rainon

Sanhaya na para u hinatme ni' tiempon eskases. Meggai na famalåo'an gi sengsong nina'fanatborotåo ya nina'fanmappot para u fanma cho'gue i che'cho' di'åriu siha entre todu este i manma susesedi ni' ti mannaturåt para i tiempo. Mandanña' i manmaga'hågan i Sanhaya para u ma disidi håfa mohon para u fanma cho'gue. Sumånao guihi na dinånña' i Maga'låhen Sanhaya ni' umekungok put todu i umatbororoto siha, håfa umestototba siha ni' esta ha' manma padedesi, yan i manmina'å'ñåo-ñiha ni' manmamaila' yan kulan manlåstima na para finatai-ñiha. Ma nå'i lokkue' i maga'låhi atbisu: hånao huyong gi tano' Sanhaya ya fanaligao nengkanno'. I manmanaligao nengkanno' etmås takhelo' na entension i hinanao. Fanespiha lokkue' otro klåsen echongñan para otro klasen nengkanno'. Buente håfkao otro na trongko siha ni' mandodokko' gi otro påtte gi isla, ya debi di u hanåogue asta etmås ya-lågugu, i Sanlagu, gi isla. Respetåyon i maga'låhi gi ineppe-ña, na parehu i hinassoso-ña yan i manmaga'håga lokkue'. Ha alibia i chathinasson i famalåo'an annai ha mente na che'lu-ña i maga'låhen i Sanlagu. Buente popoddong ha' i ichan yan mangguaha siha trongko ni' mambula tinekcha'-ñiñiha guihi gi fresko na tåno'. Buente manmañodda' echongñan-ñiha i mañåhak siha guatu gi rifresko na hånom i Sanlagu na tano'. Yanggen ti sina gui' mañodda' nengkanno', ha tungo' ha' na i amko' na che'lu-ña yan i taotåo-ña siempre u fanmannå'i ni' guinahan-ñiha para i manåotao Sanhaya. Asiguråo gui' ni' gineftao i che'lu-ña yan i achaginefli'e'-ñiha nu siha.

Pues i Maga'låhen Sanhaya yan tres ni' mås manmetgogot na lalåhi manmambalutan didide' na nengkanno' ya ma pripåra para u fanhånao para i Sanlagu. Tåt tåotao gi sengsong ni un biåhi na chumågogo' hinanåo-ña ya ni unu tumungo' håfa para u ma ekspekta. I Maga'hågan Sanhaya umatbisa i Maga'låhi para u konne' i makåhna, ni' para u fannåna'i propiu na bendesion yan tinayuyot gi håfa na nisisidåt. "Siña buente na en fanakumunika yan i Fine'nana na Mañaina-ta," ha ensiste i Maga'håga. "Siña buente na en fanmanåyuyot pat en fanmanna'i sakrifisiu." Sineñas, "Hunggan!" ni' Maga'låhi.

Annai måtto i ha'åni na para u fanhånao, manmamokkat huyong gi sengsong i grupon manåotao manotano' låo ai sa' tres na famagu'on, dos na låhi yan unu na palåo'an, mansineñas para u famåra. Kada unu

mangångatga didide' na balutan nengkanno' yan kaddada' na flecha, ya manmamamaisen, "Kåo siña ta fanhita? Siña ham lokkue' manmanayuda manmanaligao nengkanno." Manhasso un råtu i Maga'låhi, pues ha atan i tres na manhoben famagu'on-ña, chumiche' ya ha sangani, "Ai adei, buente esta måtto i tiempo annai hamyo na tres para en ga'chungi yu' guini na hinanao." Mambenendisi ni' Maga'håga ya ayu na ma tutuhon i hinanao-ñiha asta i tano' Sanlagu para u ma såtba i sengsong-ñiha: i tres na famagu'on, i makåhna, i tres na mås manmetgot na lalåhen i sengsong, yan i Maga'låhi.

Esta a'annok desdeki i tinituhon na ti para u måolek i hinanao-ñiha asta i Sanlagu. Ma sodda' gi fina'chalan-ñiha gi halomtano' na mandalalai siha i trongko ya manmalåyu i ramas-ñiha. I cha'guan ni manma fakcha'i gi ekso' mamboninitu ha' i linekka'-ñiha låo esta managagaga' hillet-ñiha, manisu, yan ti mambabaila gi håfa maloffan na månglo'. Kå'ka' i tano' sa' ma'ho, ya esta ti bibu na hillet agaga' lokkue'. Kada tåotao manhahasso kun tai ninangga ni' dalai ya ti u ma tulaika pusision-ña i tano'. Manma siesiente ha' ni' tres na famagu'on i chathinasson-ñiñiha i manamko'-ñiha, låo, kumu hinasson famagu'on ha' trabiha, manmannanangga na guaha minaolek para u fanmafakcha'i. Todu kulan mås mangahulo' i ninanggan-ñiha annai, despues di dos ha'åni maloffan ni' puru ha' manna'ma'ase' sinåriu manma lili'e, manmåtto gi mås dalalai na påtten i isla. Nina'fanmanman sa' siña manma li'e' i kanton tåsi gi ambos båndan i tåno'. Mansen akihot i chepchop tåsi, mansen manma'i'ot, ya manma tungo' ha' ni mano'otano' na guaha engkantao muna'huyong na taiguini ma fotmå-ña i isla. Ya mientras ma chuchule' ninangga ginen i gefpa'gon i tasi, yan hinasso na siña buente lokkue' u fansinåtba i lina'la'-ñiha ni' engkantåo, manma ripåra na guaha butto siha gi chagogo' na destånsia gi kånton langhet, figura ni guaha na biåhi na mantinampe ni' cha'guan sabåna ni' mambabaila gi didide' manglo'.

I manåotao manotano' ma tufong siette na mandikike' button tåotao ni' manmamomokkat guatu giya siha, mangginen i sanlagu na båndan i tano'. Mientras manlalahihot guatu i nuebu na manåotao manotano', i Maga'låhen Sanhaya ha gegef atan etmas masahegat na tåotao gi grupu. Ha li'e' na sumen loddo' i kodu-ña kulan trongko, fuetsudu i kuetpo-ña,

gof fedda' yan aridondo i ha'i-ña kulan ha' achaparehu yan i aridondon i ha'i-ña. Annai mås manlalahihot i nuebu na manåotao manotano', nina'fanhahasso i Maga'låhen Sanhaya ya ha ripåra i banidoson pokkåkat-ña i masahegat na tåotao. Ai! Ginen ha e'eyak i kinalamteten-ña ayu na tåotao, yan ha diseha na un diha u dångkolo ya u parehu pokkåt-ñiha. Ha tungo' ha' i Maga'låhen Sanhaya håyi ayu na' masahegat. Ha tungo' ha' na i che'lu-ña låhi ayu! Ha li'e' na mamomokkat i che'lu-ña yan otro tres na lalåhi, buente etmås manmetgot na lalåhi ginen i Sanlagu, yan kontodu tres na famagu'on, dos na palåo'an yan unu na låhi. Buente famagu'on i che'lu-ña. Annai alos uttemos manali'e' i manaotåo manotano', ai na manminagof lokkue' todu.

"CHe'lu-hu, håfa na sumen chågo' håo asta magi guini gi Sanhaya?" mamaisen i heben na che'lu.

"In hanånaogue i Sanhaya para bai in espiha håo, che'lu-hu. Mansen ñålang ham, guåhu yan i taotåo-hu siha. Ti manmanonokcha' i trongko siha. Manmåmatai i ga'ga' i tano' lokkue'. Tåya' guihan kinenne'-ñiñiha i mangkikenne' guihan siha. Måmatai i tano'. Ti åpmam siempre bai in fanmåtai lokkue'. Ayu i tinangånga-hu na siña mohon un ayuda ham sumåtba i taotao-måmi. Låo, ya hågu? Håfa na sumen chågo' håo lokkue' asta mågi guini gi Sanlagu na bånda? Kåo un hungok put i takhelo' na manchinatsagan-måmi? Kåo gaige håo guini para un asiste ham?"

Mångto' i dangkolo yan mitinatnga na kurason i Maga'låhen Sanhaya annai ha oppe i che'lu-ña ni' fino' ni' ha tungo' ha' na sen makkat para u hungok i Maga'låhen Sanlagu. Para todu i minagof siñenten-ñiha i famagu'on ni' manali'e' yan i parientes-ñiha, ti ma langak ni' dos chume'lu yan i otro siha na lalåhi para u ma nå'na' i pinadesen-ñiha. Sumen triste i puenge. Ma na'famboka i famagu'on ni' didide' gi sepbla na nangkanno'. Despues, manmana'fanmaigo' mientras manmakmåmata ha' i manåmko' yan i manmina'å'ñao-ñiha, manmama'kikilu, manai tinanga, manai minagof, yan manchathinasso put i mamaila' na tiempo. Ya i dos chume'lu, maskeseha malåte' yan metgot, ti siña ma sodda' lugåt para u ma såtba i prubleman-ñiha. Ya sumen anåkko' i finaloffån-ña i puenge.

Annai ma chakchak i ha'åni, chatta' guaha maigo'-ñiha i dos chume'lu, låo må'pos ya ma yå'ho i famagu'on para u ma pripåra siha

para i anåkko' yan ti na'magof na hinanao tåtte gi gima'-ñiha. Låo annai ma å'agang i famagu'on, ni unu kumalalamten. Ti manma baba i matan-ñiha. Lumahihot i dos tåta. "Lachaddek, nihi ta fanhånao para i gimå'-ta, lalahi-hu!" Tåya' kinalamten. I makåhnan i Sanhaya yan i Sanlagu ma acha'atan i manai kinalamten na tåtaotao siha. Ma pacha todudu, ma yengyong didide' pues dururururu. Dumilok papa' i dos tåta; ma go'te hulo' i kannai i famagu'on asta i pachot-ñiha. Tåya' minaipe, tåya' hinahgong. Kada tåta ha hulos i kannai kada patgon-ña yan ha kariñu kada fåsu. Gi kada pinachan-ñiha, manengheheng i sensen. Todu i sais na famagu'on manmåtai durånten i puengi. Pumoddong dumimu påpa' i dos tåta ya manohge gi santatten-ñiha i parientes-ñiha ni' manhinengang yan manma'å'ñao. "Håfa taimanu na ta na'ma susedi este?" mangaten-halom nu siha. Manmanhasso na durånten i puengi ni un påtgon gumonggong pat umugong put håfa na pinadesi. Håfa adai este na matdesion? I Makåhnan i Sanlagu yan i Sanhaya ma atan i Maga'låhi ya ilek-ñiha, "Mungnga manma'å'ñao. Manai pinadesi gi finatai-ñiha. Ti manmaså'pet. Kåo en li'e'?" Ma tancho' guatu unu na påtgon. "Atan ha' sa' kalan chumåchalek. Ti manmåtai put i ti minagof-ñiha i Mamfine'nana na Mañaina-ta." Ma hungok ha' i kuentos-ñiha i makåhna ni dos tåta låo ti konsuelåyon ni' tinakhelo' na minalingon-ñiha. Ilek-ña i makåhnan i Sanlagu, "Guaha rason-ñiha i Mamfine'nana na Mañaina-ta, ya debi di ta atiende."

Ma disidi na u fanma håfot i famagu'on gi månu ha' esta na manggaige, i talolo' gi isla annai umafakcha' i sanhaya yan i sanlagu na påtte gi tano', annai i chepchop tasen i sangkattan kana' ha' umapacha yan i chepchop unai i sanlichan. Siñenten-ñiha i dos tåta na annai ayaya ini i ti honggiyon na lugåt yan i ti honggiyon i manmåtai na sais ni' mañåonao para u fanma ayuda i taotao-ñiha. I manmetgot na lalåhi siha manmå'pos manmanaligao åcho' tåsi para u fanma fotma i haligi yan i tasa para sais na åcho' latte para kada unu gi sais na famagu'on. Manma såosao todu i tataotao i famagu'on ya manma chule' i flechan-ñiha yan i acho' atupat-ñiha ni' para u fanma håfot gi papa' kada acho' latte. Durånten tres na ha'åni, i dos makåhna ma tåyuyot i Mamfine'nana na Mañaina put priparasion para i manma håfot, para ayudu, yan para

hinemlo'. Siña ha' buente ta hasso kåo guaha mås minalago' i dos tåta para u ma na'tungo' i Mamfine'nana na Mañaina siha, låo maseha håfa, acharespetao i Maga'låhen Sanlagu yan i Maga'låhen Sanhaya gi pininiten-ñiha, ya sesso di umadingan i dos.

"Ai adai, siempre u fansen måolek na ManMagå'lahi!"

"Ai adai, siempre u fansen måolek na tåta yan nåna!"

Umadingan put håfa mohon para u fanhuyong-ñiha i famagu'on-ñiha. Yan kumuentos put i pininiten-ñiha. Ya entre tres na ha'åni, sa' put i minetgot-ñiha, piniten-ñiha, yan guinaiyan-ñiha, i mås manmetgot na tåotao ginen i Sanlagu yan i Sanhaya manmafa'tinas sais na acho' latte. Manma håfot kada påtgon gi papa' kada haligi. Gi mina'tres na puengi, manmaigo' i manyayas yan mampiniti na lalåhi siha gi fi'on kada åcho' latte. Kumåten-halom i dos tåta. Ti gef åpmam maloffan, ya put dimasiåo i pininiten-ñiha ni' ma chuda' guatu gi tano' ginen i kurason-ñiha, mumaigo' i dos, gi fine'nana biåhi desdeki manmåtai i famagu'on-ñiha.

Gi sigiente ha'åni, i dos chume'lu, ni' umå'ason ha' trabiha gi hilo' tåno', ma baba i matan-ñiha para i tai kinalamten yan tai siñenten i taya' månglo', gi silension i taya' månglo'. CHaddek mongmong i kurason-ñiha ini na sasahngi yan manengheng na ogga'an ni' lokkue' sin katen i manggekpo. Este na manmetgot lalåhi, ni' taya' manma'a'ñaogue, manlåolao gi månu na manå'asson, yan mananachu i pilon kannai-niha. Annai manggai brinabu para u fangahulo' yan u ma atan i uriyan-ñiha, nina'fan å'a' ni' håfa ma susesedi. Gi fi'on kada unu gi sais na åcho' latte dumokko' un bunitutu yan esta manonokcha' na trongko, ni' manachaparehu i mandinangkolon-ñiha yan i mamfinedda'-ñiha, yan anakko'ña i hagon-ñiha ki nu i inanåkko' kada i kannai låhi. Mana'akalaye' gi meggai na råmas i tinekcha'-ñiha i trongko siha ni' kulan manachamoddong yan ulon påtgon. "Kåo ayu ...?" nina'manman i dos chume'lu. Ni unu kumuentos, fuera di i dos Makåhna. Ma ufresi tinayuyot agradisimiento para i Manåotaomo'na, i Mamfine'nana Mañaina, yan i famagu'on. Ma tåyuyot i trongko siha ni' milagrosu na nina'en i famagu'on.

Manohge i lalåhi manma a'atan ha' i tinekcha' siha ni' mesklåo na hillet i atdao yan i betde na chå'guan. Ni unu giya siha guaha na ma li'e' taiguihi na kulot. Manmamamokkat guatu gi trongko ya kada unu ma

go'te un tinekcha' ya ma na'siguru na ti ma tife' gi råmas, låo ma gegef atiende håfa ma siesiente mientras ma gogo'te i fruta. Tinampe enteru i tinekcha' lassås-ña ni' fotman mambåstos yan manma pannas na lonnat ni' kulan para u adahi i fruta durånten i anakko' na hinanao asta i gima'-ñiha. Maseha ti gefpå'go i fruta, para i lalåhi, manlålamlam ni' gefpa'gon i atdao. Annai ma bendisi i tinekcha' ni Makåhna ya manma ufresi sais para i sais na famagu'on, ayu na ma ipe' i fruta ni' lalåhi siha sin ma hasso kåo binenu, sa' siempre puru ha' manmånnge yan minaolek u huyong ginen i manmilagrosu na fruta ginen i famagu'on.

Mañocho i mano'otåno'astaki ti siña esta mamboka. Mamemes sabot-ña i tinekcha'. Måma'pe' put pidåsu ya na'malago' para todu u chinagi. I fruta, ni' tåt parehu-ña na tiningo'-ñiha i lalåhi, mannina'i minetgot yan minagof ni' håfa para u ma cho'gue. Mannina'listo yan manmatatnga ni para i hinanao-ñiha tåtte. Pues annai monhåyan manma tayuyuti i famagu'on siha ya manggupot nu ini na nina'en milagrosu, umatoktok åpmamam i dos chume'lu. Ti ma tungo' ngai'an na para u ali'e' ta'lo; ti ma tungo' håfa taimanu para u ma sångan i siniseden-ñiha para i famalåo'an-ñiha, yan i manåotao i sengsong-ñiha. Ma tungo' ha' annai uma'adespidi i dos na manlå'la' siha ginen i guinaiyan i famagu'on nu siha. Entre todu ni' manhånao asta i Sanlagu yan todu ni' manhånao asta i Sanhaya, gi i famagu'on na gaige i mas takhelo' na minetgot.

Annai monhåyan todu i despedida, manma kåtga kun dångkolon minagof i tinekcha' siha asta i sengsong-ñiha, ya i manåotao i sengsong siha mantinaggam kun pininiti yan minagof. Parehu bidan-ñiha i manåotao Sanlagu yan i manåotao Sanhaya. Ma tutuhon manma tånme i trongkon milagrosu, ya mandokko' yan manlå'lalai' i trongko siha. Ya pumåra i tiempon eskases, yan manma såtba i lina'la'-ñiha i manåotao i tano'. Ya tumaiguennao na i famagu'on i Sanlagu yan i famagu'on i Sanhaya manma chule' i guinaiyan mañe'lu ya ma na'mås dångkolo ayu na guinaiya astaki dumokko' para etmås dångkololo na guinaiya, ayu na guinaiya i måmtata' huyong, chågogo' yan feddada' taiguihi i råmas i trongkon lemmai para u na'fañocho todudu i manåotao i isla. Ya ma såsangan na ni ngai'an na i tiempon eskases u na'låmen i islan Guåhan mientras ha' tumatachu yan mamprotetehi i trongkon lemmai.

Tomoe Tani

I GUAKA YAN I KARABÅO

Sumen gef umatungo' i guaka yan i karabåo låo acha ti uma'angokko i dos nu siha. Guaha siha tåotao sumåsangan na tinituhon i ti uma'angokkon-ñiha nu siha annai achaparehu ga' un lancheru. Tåtte guihi na tiempo, ni unu gi dos malago' na u ma fa'kåddon påtas. Put siguru adei! Sumen chathinasso i dos na u ma punono' ha', pues kada unu ha na'asiguråo na u lini'e' ni' dueñu i minetgot i kapasidåt-ña gi che'cho'-ña. Låo sumen makkat i guaka ha prueba i nina'siñå-ña sa', maskeseha dångkoloña gui' ki nu i otro siha na gåga', ilelek-ña na, sigun gi inestemå-ña, kulan guaha dididide' di menos dinikike'-ña ki nu i karabåo. Ya måskeseha ti meggai na kåtga ha na'siña kumåtga, ma kalamyåña gui' ki nu i ga'chong-ña, ya ha na'siguguru na u na'tungo' nu este i karabåo gigon guiya fine'nana måtto gi chin-ñiha. Tehnga, ha dåggao hulo' i ilu-ña gi aire, munge' ni a'gagang, ya sigi di ha påtek hulo' i edda' astaki manggugupu siha i petbos gi chalan. Grandiosu magåhet pusision-ña para u na'hulo' i finatto-ña para maseha håyi ni' uma'atan gui', ya guiya lokkue' tumalak guaguatu sen bunita asta i dangkolon gå'ga' ni' gagaige ha' trabiha gi chago'na destånsia.

Gigon måtto i karabåo, mina'sigundo put siempre, mamokkat guatu gi guaka astaki umalapåpat i dos para u na'siguru na i ga'chong-ña ha hungok i lancheru yanggen duru bumanidosu put kuånto minakkat i kinatgåga-ña yan put sumen angokkuyon na u fåtto sin manggåsta tiempo gi chalan. Hunggan, ti chaddek i karabåo låo asiguråo na u fåtto gi chi-

ña yan todu i kinatgåga-ña. Låo para håfa mohon na u chathinasso i guaka. Ha tungo' ha' i lancheru na eyu etmås takhelo' bali-ña i guaka na i leche-ña, i mamimes na leche-ña ni' asiguråo na u ma na'atulaika yan i mås mambunitu na guihan o sino i mås manmåolek na gollai. Pues taiguini na asunto gumarentiha na u anåkko' i lumå'la'-ñiha i dos atungo' gi lancho.

Låo dumimålas i dos sa' annai måtto i tiempo annai ma komprende i binalen-ñiha, atrasåo esta para u ma tulaika i uma'igen na bision-ñiha. Sumen påyon ni' para u kompetetensia gigon uma'afana' ya annai finakcha'i na kaddada' esta i tiempo para sumågan-ñiha gi lancho, sisigi ha' di umatgomento i guaka yan i karabåo put achok mansen didide' yan manai bali na inigen. Håyi mås annakko' babali-ña? Håyi mås gåsgas patås-ña? Hayi mås didide' na lalo' manggugupu gi dadalåk-ña? Håyi mås meggai...? Låo nå'i gråsia si Yu'os sa' ginen este siha na mamfabulosu na atgomento muna'mås umakihot gi umatungo'-ñiha. Yanggen guaha unu mumente na sumen bunitu i linamlam i lassas i otro yanggen inina ni' atdao, fumoffo i otro kado' mambotleleha ni' hiningok-ña. Ti åpmam, duru di chumakka' a'gagang i chalek-ñiha esta fumofoffo put i tonton-ñiha. Pues, ma tulaika i son ya umadingan put mås siriosu na kombetsasion yan put dinesgusto siha gi lina'la'-ñiha gi lancho. Ya ma sodda' ni' dos na gi minagåhet, umaguaiya nu siha. Låo ma kontenuha ha' i åmåpble na tinai inangokkon-ñiha nu siha yan i åmåpble na inigen-ñiha achok ha' binende kada unu ni' lancheru para difirensiåo na lancho. Sen suette na ti gef chago' i un lancho asta i otro, pues guaha na biåhi na siña umassodda i dos yanggen tåya' mås para u fanma kåtga yan esta monhåyan ma fokse leche-ña i guaka.

Un taiguini na diha, umasodda' yan umadisidi i dos na dimasiåo maipe i ha'åni para håfkao u ma chogue fuera di numangu. Hunggan, ginen guaha ha' na biåhi na umasoyo' para u nangu, låo put i ti uma'angokon-ñiha nu siha na ma fa'tinas sirimoñas åntes di u o'mak kosaki ti u ma tutuhon håfkao na minatå'pang kompetensia. Gigon måtto i dos gi saddok, ensegidas kadakuat humånao para i ma ganye na trongko para u pula' siha. I guaka ha ganye i trongkon niyok para guiya sa' siguridåt ayu i siña ha' guaha niyok u poddong gi hilo' håyi pumikatdidiha. På'go i

karabåo ha malagu'i ha' i atmas i mamopoddong na niyok låo satesfecho-ña na ha ganye i trongkon chotda ni' mamedda' hagon-ña ya siña ha prutehi i lassås-ña durånten i getpe na pineddong uchan. Siña ha' lokkue' ha usa i hagon para nuhong-ña an maipepe i atdao.

Pues, gi i papa' kada trongko-ña, ma pula' kun inadahi i lassas-ñiha. I guaka ha dopbla sen bunitu yan sen finu i lassås-ña ya ha na'siguru na ti makalehlo i dinepblå-ña. Mahettok ma dopbla i lassås-ña, båstos yan kaka'guas lao prinitetehi gui' kontra i inakka' i manggå'ga' dikike', ya gof ya-ña lokkue' i kulot lassås-ña − tåddong, tåddodong na hillet i tano'; ya ha hasso na håssan na ha atan i lassås-ña gi taiguini na inilao. Ha gef adahi pumo'lo gi papa' i pruteksion i trongkon niyok ni' fi'on i saddok mientras ha a'atan ha' lokkue' i karabåo. Para kuentå-ña i karabåo, sumen å'paka' i lassås-ña kulan i manå'paka' na mapagåhes siha gi langet. Para u atborota i guaka, lameggai biåhi na ha sångan i karabåo na kulan achaparehu i kulot i lassås-ña taiguihi i hillet i leche-ña i guaka. Guiya lokkue' ha gef tungo' umadahi i lassås-ña ya ha dopblan måolek yan finu pues na ha pega gi sampapa' i trongkon chotda mientras ha gegef atan lokkue' i guaka.

An monhåyan i sirimoñas lassås-ñiha ni' ma pula', ma dopbla, yan ma pega gi sagå-ña, ayu na mamokkat i dos yan i hillet dirosa na tataotao-ñiha asta guatu gi saddok annai ma supok siha todudu påpa' gi kalentådu na hånom. Ma siente i rifreskokon i hanom, ya mumagogof ni' numangon-ñiñiha achok ha' gaige siha gi sampapa' i sen maipe na åtdao talu'åni, ya duru di umachatge yan humugågando. Låo kada la'apmam, guaha unu ha a'atan un bånda i otro para u na'siguru na tåya' kumekemama'baba. Numangu yan humugåndo taiguini entre i finaloffan i talu'åni, låo ai sa' ni unu gi dos humassuyi para u atan-guatu i mibali na lassås-ñiha.

Esta popoddong i lemlem taotao, ya sinedda' na mamomokkat un hobensito tåtte para i gima'-ñiha annai ha ripåra i dos gåga' ni' numanangu gi saddok. Mientras ha e'egga' i dos gå'ga' humugåndo, ha faisen maisa gui' ni', "Ai, håfa adai este ni' sasahnge na lini'e'?" Humallom lokkue' ni', "Håfa este na engkantåo?" Pumåra gi pokkat-ña sa' tinenta ni' chakka' chålek-ñiñiha, ya humatguatu gi kanton saddok para u la'apmam umegga' i ga'ga'. Gai didide' na mina'å'nao yan sospechosu

siñentete-ña mientras ha' gegef atan todu i uriyå-ña. Kåo guaha adei duendes mana'attok gi trongko siha? Taotaomo'na? Fumugu, ya ha gef ilao mås i uriyå-ña ya ayu na ha ripåra håfa kulan låssas gå'ga' gi papa' i trongkon niyok yan i trongkon chotda.

Dimasiåo kinahulo'guan ni' na'manman yan ti naturåt na mumento, ya sumen chaddek ha disidi na put siempre adei guaha rason na gaige gui' guini, ya buente ayu na rason i para u huganduyi pikatdiha kontra i dos gå'ga'. Ha hasso, "Sa' håfa adei na ti bai lachai chumule' apottunidåt ni' este na engkantåo?" Pues ume'kahat despåsiusiu guatu gi papa' i trongkon niyok fine'nana ya ha chule' i hillet åpu na dinepbla ya ha po'lo' gi sampapa' i trongkon chotda. Pues, kun inadahi, ha chule' i hillet å'paka' na dinepbla ya ha po'lo gi sampapa' i trongkon niyok. Chumathinasso i pikaru ya ensegidas ha na'chaddedek gui' hålom gi hemhom ya ti sumåga para u li'e' håfa risutton i tailayi na bidå-ña. Låo annai måtto gui' lahatpapa' gi chalan, ha sotta huyong un halom-tåno' na chakka' chålek ya måtto ha' gi gima'-ñiha ni chakka' chalelek-ña put håfa mohon para u li'e' gi sigiente diha.

Gef takhelo' gi langhet i sinahi na pulan annai ma disidi ni' guaka yan karabåo na achagef yayas yan lokkue' ora para u bira siha tåtte. Pues, humuyong gi saddok, må'pos para kuåtkiet na trongko-ña, ya ma håtme i sen måolek na ma dopblan lassås-ñiha. Ti nahong i mina'lak-ña i pilan para u ma li'e' ni' dos na ma na'atulaika i lassås-ñiha. Esta lokkue' i dos yå di mås i inempåchon-ñiha ni kuentos-ñiha yan bulala na chakka' chålek siha ya achahumånao magogof para i gima'-ñiha sin håfkao na plaito, yan para ke siha lokkue' ni håfafa gi hilo' tåno'.

Makmåta gi egga'an i guaka ya ti ha tungo' håfa ha' pinadesisi-ña. Annai mamokkat para i paståhi, ha sodda' na sumen despåsiu i kinalamteten-ña yan makkakat i finamokkat-ña. Mamokkat gi uriyan i lancho låo sin i di'åriu na ma kalåmya-ña. Kulan mohon nina'uma ni' lancheru sumen makkat na kåtga ya ti ha langak kumåtga. Ai adai, håfa taimanu na taiguini este? Lumålaoya yan kalan tai balånsa mamokkat i guaka. Ya uma'akalaye' påpa' gi te'lång-ña i lassås-ña. Parehu lokkue' ma susesedde gi lancho annai gaige i karabåo. Makmåta ya sen båba siñente-ña. Låo, enlugåt di ha siesiente na kallo yan lålaoya gui', kalan

guaha mohon ma fugo' gui'; todu tisu i eståba lålaoya na tataotåo-ña. Mamåpakpak mo'na ya tåtte todu i kuyonturan, i te'lång-ña kulan mohon ma kuetdådasi. Låo annai ha payuni i minafñot i lassås-ña, kana' mamåpakpak huyong todu i kuyonturå-ña.

Ha li'e' i guaka pues malågu asta i atungo'-ña. Ayu na ha ripåra na chaddekña gui' malågu ki nu i karabåo siha gi fi'on i gima'-ñiha. Ina'atan ha' ni' guaka ni' esta nina'mamanman gi fanatatan-ña. "Un håhatme i lassås-hu!" inessalåogue ni' guaka. "Ai lokkue' i bunitutu, i sen bunitu na lassås-hu!" Låo i karabåo, annai ha li'e' i a'paka' na lassås-ña na popoddong påpa' sen kallo gi te'lang i guaka, duru di chumålek! "Dinanche nai na u å'paka' i lassås-mu," ilek-ña i karabao, ni' esta ha gof guaiya i nuebu na siñente-ña nu guiya. "Umaya på'go i sanhiyong na tataotåo-mu yan i sanhalom-mu. I lassås-mu på'go u nina'fanmanhasso i taotao put håfa un gef siña fuma'tinas. Ya este i lassås-hu på'go siña u ayuda yu' mangåtga mås kåtga yan bai mås chaddek lokkue'." Manhasso un råtu i guaka, "Kao ha kekedigiruyi yu'?" Låo put i esta gumof atungo' yan i karabåo na siña i guaka ha konsedera håfa ilek-ña i karabåo. "Buente dinanche håo, ga'chong-hu. Buente gi ma atan-hu ha' u nina'fanmanhasso i taotao siha ni' minames na leche-ku." Ya ilek-ña i guaka na tåya' guaha na u na'ayao i karabåo ni' lassas-ña put kaddada' na tiempo. Uma'atan i dos nu siha kun minanman, ya esta ma payuyuni adumidide' i pusision-ñiha.

A los uttemo, ha guaiya i guaka i atension ni' ma nåna'i gui' put i bunitå-ña ya ni un biåhi di ha chagi para u chule' tåtte i lassås-ña. Lokkue' i dos, yanggen humånao para u nangu, ma na'siguguru na numanangu yan i lassas-ñiha. Ya håfa put i pikaroti? Kåo guaha mohon na ha li'e' i risutton i inakacha-ña? Put siakåsu na hunggan, ti u nina'magof siempre yanggen ha li'e' dos na gef umafa'maolek na ga'ga', dimasiåo nina'bulåchu ginen i bulala na inadingan-ñiñiha yan puru chåkka' chålek siha, ya numanangu entre i minagogof na ma rinueban pusision-ñiha ni sumin plaito yan sumin ni håfafa na hinasso put atboroton tåno'. Desdeki ayu astaki på'go na tiempo, i hinirasion i guaka siha manå'paka' i lassas-ñiha taiguihi i hillet i lechen-ñiha, ya i hinirasion i karabåo siha mås manmetgogot yan manangokkuyon na mamfafacho'cho' gå'ga' siha.

Andrea Grajek

I KE'KO' YAN I HILITAI

Mafañågu si Hilitai Dikike' entre i familian hilitai ni mañåsaga gi liyang ya gef manatendidu nu guiya. Sen måolek fina'maolelek-ña si nåna-ña nu guiya yan ha na'siguguru para u prutehi gui' kontra i piniligron i machålek na tåno', i halomtåno', ni' gaige gi sanhiyong i sen na'magof na guma'-ñiha. Kada ogga'an yan puengi gef inatetende as Nåna ni' muna'gagasgas gui' yan linalalai ni', "Hågu i mås gef på'go na hilitai gi halomtåno', sumen månnge' na neni-hu." CHumålek si Hilitai Dikike', sen satesfecho, yan misiguridåt.

Annai måtto i tiempo para u huyong si Hilitai Dikike' ya u eksperensia i tano', nina'fanhasso di nuebu gi as Nåna, ni esta ha' chachathinasso, ni' todu i listan hafa taimanu para u prutehi yan u adahen maisa gui'. "Hagå-hu, usa i hanom an para un attok. Usa i atdao para un chopchop i minetgot-ña. Usa i dadalåk-mu para un mumu. Sumen meggai na manna'ma'å'ñao gå'ga' manggaige gi sanhiyong i gimå'-ta ni' manmalago' para un ma na'låmen."

"Achok ha' ti u chathinasso si Nåna," manhasso si Hilitai giya guiya. "Sumen magof i tano' para u li'e' yu'!" Gi minagåhet, inalulula si Hilitai para u ali'e' yan i atdao ya u siente i minaipen i atdao gi lassås-ña. Inalulula para u ekulo' gi mås lokka' na trongko ya u falaguyi i råmas siha, para u hagungi taddodong i påo i nuebu na hågon yan chå'guan siha. Pues ensegidas malågu huyong gi gima' liyang, påpa' gi fina'chålan gi halomtåno', ya annai esta dimasiåo gui' chågo' para u li'e'

i pettan i gima'-ña, pumåra ya ha atan i uriyå-ña. Kumånta si Hilitai ginen taddodong gi kurason-ña un kåntan minagof put inafakcha' nu i atdao yan i tano'. Ha utot i chinaddek-ña ya ha na'despåsiu i famokkåt-ña mientras sigi di humåhanao mås chågo' kontra i gimå'-ña. Mientras mås tåddong i hinalom-ña gi halomtåno', sigi lokkue' di ha kantåyi håfa i ha sosodda' mo'na: i flores gåosåli, i hagon i trongkon lemmai yan i trongkon niyok, i asut na långhet. Ya ti atendidu para todu na ayu ha' i ha lili'e' gi me'nå-ña.

Annai ha hungok i kanta, gumupu ensegidas i dikike' na chichirika para u aligao håyi kumåkanta, yan manhahasso ni' håyi mohon ayu i batbaru para u estotba i buniniton ogga'an. Sumåga ha' gi ginipu-ña i chichirika gi hilo' Hilitai Dikike' ya kulan mohon mapagåhes gui'. Chaddedek ha na'palappa i papa-ña para u keketu ha' gi hilo' i hilitai. Manhasso, "Håfa adai ha kekecho'gue este na hilitai? Håfa na dimåsiao a'gang kumånta." Ha ilåo i hilitai, ya sumåga yan ha e'ekungok ha', låo annai yayas ni' hugandodo-ña, ha botleha ni', "Bunitu ha' i bos-mu, dikike' na Hilitai, låo chatbunitu håo ma atan." CHakkaka' chalek-ña i chichirika ya ha na'dodochon i aire ni' kati-ña "chatpa'gon hilitai" annai gumugupu.

Ya dinessok, hu'u, sini'ok i kurason i dikike' na Hilitai. Nina'manman. Håfa ini put i ti bunita gui'? Ensegidas pumåra kumånta ya ha siente na guaha puti gi fi'on i kurason-ña, gi sanhalom i ha'of-ña ni' kumukunanaf hulo' gi guetgueru-ña. "Håfa adai ini na pinadesi?" Gof inestotba, ya duru di ha laknos i hila'-ña huyong yan hålom kalan manhilala'gue. Put fine'nana biåhi gi lina'la'-ña, ma na'chagi si Hilitai Dikike' ni' tinailayi, ya ginen este na tinailayi, nina' malago' para u na'puti eyu i prisimida na paluma. Låo esta må'pos i na'bubu na gekpo ya ayu ha' malago'-ña si Hilitai Dikike' i para u påra i puti-ña.

Duru si Hilitai di ha påtek hulo i edda' yan ha na'påpangpang påpa i gacha'-ña ni cha'guan mientras chumechetchet a'gagang åntes di ma ribåha siñente-ña, yan ha essalålaogue si CHichirika, ni' hagas må'pos, para u bira gui' tåtte ya u chagi sumangåni gui' ta'lo ni' ayu i fino'-ña. Låo annai ma ribåha i lalalo'-ña, guaha otro siñente-ña si Hilitai ni' ti ha rikoknisa. Umåsson sin kumalamten gi hilo' tåno', yayas ni' aburidu-

ña, hinahatme ni minaipen i atdao lao ti malago' kumalamten i addeng-na ni i tataotåo-ña. Makkat kurason-ña. Pues måtto mås engkebukåo: håfa taimanu na i minannge' siñente ginen i minaipen i atdao ti siña muna'lamaolek i siñentete-ña? Chetton si Hilitai gi sagå-ña. Malingu todu i minetgot-ña. Mumahålang gui' ni' liyang.

Mientras tumoto'to si Hilitai, yan chatguiguiya gi semnak ha hassusuyi i butlan CHichirika. Ai sa' ume'e'kahat pokkåt-ña i un ko'ko' gi asta i me'na-ña. Ti lini'e' as Hilitai. Låo esta desde i chagogo' ha hungok ha' si Ko'ko' i burukan ginatchacha'-ña, pinatetek-ña yan chichechet-ña. Ha nanangga si Ko'ko' na u kåti mohon si Hilitai, sa' buente ginen ayu na u lamaolek i siñente-ña. Inipos ta'lo as Ko'ko'. Yan ta'lo. Ya ti åpmam, rinidondedeha i hilitai ni' mikomfe'ånsa na ko'ko'. Nina'manman si Ko'ko'. Guiya lokkue' inatbisa as nanå-ña na u suhåyi eyu i manna'ma'a'ñao na gå'gå' ya u falålagu chaddek gigon guaha unu gi fi'on-ña'. Låo ti para u suhåyi este. Tai enteres as Ko'ko' ini na gå'ga' ni' kulan kulepbla låo mås chatpa'go. Gi minagåhet, chetton gi sagå-ña ini na hilitai, mamanman yan ha atalalaki i taya'. "Håfa chetnot-mu?" finaisen as Ko'ko' ya esta inalulula. "Kåo malångu håo?"

"Åhe'. Hu keke'aligao empeñu ni' håfa taimanu para bai na'måhgong i puti-hu ni' ti hu li'li'e'. Engkobokåo yu'. Håfa taimanu para u guaha puti ya ti mahåhaga'?" Ineppe si Ko'ko' as Hilitai kulan ayu etmås naturåt para u cho'gue gi hilo' tåno'.

Nina'mås embelekeru si Ko'ko', "Ai adai maila' ya bai hu asiste håo muna'påra i puti-mu. Månu na gaige?" Si Hilitai ha desatende i kuestion sa' ha nisisita otro na upiñon ya ha faisen i nuebu na ga'chong-ña kåo bunita gui', låo pues ha åomenta ni', "I adai, ti siña un oppe ennao sa' ni' hågu ti gof bunita håo lokkue'." Ti kumeketailayi si Hilitai. Ti ha tungo' tumailayi. Umunenesto ha'. "Hu katkula na buente ti meggai tiningo'-mu put buninita."

"Kada ha'åni manli'e' yu' bunita," ineppe as Ko'ko', ya lalålalo' esta ni' fino' Hilitai. Apmåmña na ha dingu i gima' nanå-ña ki nu i nuebu na atungo'-ña. "Kåo guaha pat tåya' puti-mu? Ya håfa ennao i kuentotos-mu put 'bunita'? Aburidu esta i ilu-hu!" Guini na påtte gi inadingan, i maolek na nåna, u esgaihon huyong i patgon-ña ya u na'hasso na ti debi

di u e'ekungok i bisnes tåotao. Låo gofli'i'on yan matatnga si Ko'ko', pues ha desatende i bos nanå-ña gi ilu-ña ya sigi ha' umembelekera.

Si Hilitai ha hungok didide' na yinaoyao gi bos-ña si Ko'ko' ya ha estira i aga'gå'-ña para mås u atan i nuebu na atungo'-ña, ni' ti tailayi ya manufreresi para u fanayuda. Pues mañule' chånsa. "Ke, un gekpo, ni' dikike'ña ki hagu, sumangåni yu' na chatpa'go yu'. Ai, ensegidas pumuti i siñente-ku."

Si Ko'ko' ha gef atan si Hilitai. Ombre adai, ha komprende si Ko'ko' i diniseha para u bunitata. Maskeseha manbunitutu pilu-ña, kulot chukulåti gui'. Chukulåti taiguihi i edda', ya ayu na ti gegef annok i bunita-ña yanggen ha pokkåkati i tano' gi halomtano'. Ha ripåra lokkue' si Ko'ko' na hillet chukulåti si Hilitai. Hillet chukulåtititi parehu yan i liyang na liheng-ña. Låo ti ennao ha', anakkoko' i hila'-ña (ni' inestototba si Ko'ko') ni' chichispas huyong yan hålom gi pachot-ña. "Hunggan," manhasso si Ko'ko', "Ti bunita si Hilitai." Låo mientras manhahasso, yan put meggagai ya-ña gi tano', ha hassuyi put håfa taimanu para todu i dos u gai ganånsia.

"Esta hu tungo' håfa ta cho'gue, Hilitai," manufresi si Ko'ko'. "U ta chule' unu gi pilu-hu ya bai hu penta håo. Manli'e' yu' mambunitutu na betden lumot guihi guatu gi hilo' acho' gi kanton saddok ni ti gef chågo' asta mågi guini. Hu li'e' eyu na betde, ya bai sangåni håo na kumu siña i atdao manayek kulot, siempre u ayek ini na hillet betde! Ya despues, siña un penta yu' agaga', ni' siña ta fa'potbos ginen i agaga' na åcho' saddok. Bai hu rikohi todu i matiriåt ya nangga astaki måtto yu' tåtte.

Un biåhi ha' di ha hungok i palåbra "atdao", kinembense si Hilitai na hunggan ya-ña ayu na hillet betde, ya hunggan, para u chogue maseha håfa para u nina'bunitu gui'.

Makkat fina'che'cho'-ña si Ko'ko' para u rikohi todu i nisisidat-ña. Må'pos para i kanton saddok ya ha usa i kaka'guas patås-ña para u rikohi todu i limot gi acho'. I limot, ni' manmikulot put difirentes klåsen betde, siempre u nå'i si Ko'ko' un buniton paleta desde i kulan betden amariyu asta i mås bibubu na betde, i didodok na betden halomtåno'. Ha tungo' ha' na hihihot påpa' gi edda' na ha pokkåkati si Hilitai i tano' ya debi di u chatta' ma lili'e' entre tududu i uriyå-ña. Para

hillet i pappa-ña, ha hasso si Ko'ko' i langhet yan todu i ti siña ha taka' tåt kumu i atdao yan manamåpble na mapagåhes gi hilo'-ña. Malago' si Ko'ko' para u låmlalam! Må'pos ya mangguaddok mango' ya duru di ha dengkot i hale' astaki bulala dinengkot-ña ni' bibubu na kulot amariyu. Humånao ya manrikohi acho' saddok, ni' odda' sabåna ni' mumahettok, ya ha dengkot para u fama'potbos agaga'. Pues gumupu asta i fanachu'an ya duru di mandengkot ni' acho' para u fama'tinas potbos åfok. Alosuttemo, må'pos guatu gi ñatata gi kanton tåsi ya mañohgue bo'an tåsi. Humåhanao asta i tasi ya ha u'usa i piku-ña para u fañohgue hånom, sa' mikri'atibu si Ko'ko' ya ha gef tungo' håfa ma nisisita para u fama'pentura.

Tåtte gi annai gaige si Hilitai na macho'cho' si Ko'ko' para u båtte i kulot siha. Ha na'danna' i afok yan i bo'an tåsi para u fa'tinas i a'paka' na hillet. Ha dengkot i acho' saddok para u fa'potbos ya ha na'danña' yan i dinengkot mångo' para u huyong i kulot agaga' yan amariyu yan kåhet ni' kulot i atdao. Para kulot i tataotao Hilitai, ha sumai i didok na kulot betde para u fa'tinas i bibubu na kulot betden halomtåno', pues na ha fa'tinas i ti gef bibu na kulot betde. Ha chatge i minalåte'-ña. "Ayu na betde kalan chiniku ni' atdao! Annai dinancheche para i hilitai," ha hasso si Ko'ko'. Si Hilitai, ni' uma'atan gui' macho'cho', sigi di manaligao kaddada' palitu para mambåtte yan ha'iguas para sahguan i pentura. Alosuttemo, si Ko'ko' ha sedi si Hilitai para u potgue kun inadahi dos ni' mås anakko' na pilu-ña. Ma acha'atan ni' dos atungo' todu i pentura siha ya umachanetbiosa.

"Esta, bai hu penta håo Hilitai fine'na, sa' esta kabåles i plånu para i kulot-mu. Yan, gi diberas, yayas yu' lumi'e' håo lumiliko' yan i ti minagof-mu," kinasse as Ko'ko'. Gi minagåhet, dimasiao netbiosa si Ko'ko' para u sedi na u pinenta as Hilitai, yan sen inestotba si Hilitai na para guiya u famenta fine'na. Kinasse mås as Ko'ko', "Yan ta'lo, hågu mås mamadedesi." Gi minagåhet, nina'mås måolek i siñenten Hilitai ni' todu i bidåda-ña i nuebu na atungo'-ña.

Tinaka i paluma kana' ha' todu i tetehnan gi talu'åni para u penta enteru i tataotao Hilitai. Fine'na, i bunitu na kulot betden i limot, pues na i ti gef bibu na kulot amariyu na lumot. Ha usa si Ko'ko' i dumanna' i

"Ai! Ai! Ai!" essalåo-ña si Hilitai låo ayu ha' humuyong i "Sssssssss!"
Tuma'yok si Ko'ko' hulo' yan påpa', chumåchalek annai ha kuentutusi
guatu i akontrå-ña, "Hu na'sen bunita håo, Hilitai, låo desdeki på'go, ni
ngai'an na un chagi ta'lo kumånta i mamboniton kantå-mu!"

Ya håfa uttemo-ña este na tristen estoria put dos umatungo' ni'
dimålas i umatungo'-ñiha? Asta på'go na tiempo, i hinirasion hilitai
mambonitu na betde hillet-ñiha yan manggågagak gi kantan-ñiha. Ya
i hinirasion Ko'ko' mañichispas yan manrayåo å'paka' i pilon-ñiha
ya manma nåna'na' i chada'-ñiha putno u fansinedda' ni' attadok i
benggatibu na inimigon-ñiha asta todu i tiempo.

betde yan amariyu na kulot para u penta i lennat siha gi tatalo' yan dådalak Hilitai. Annai monhåyan i minappot bidå-ña, pumåranñaihon si Ko'ko' para u atan yan u nina'magof ni' che'cho'-ña. Låo inalulula si Hilitai. Mamaisen, "Håfa pusision-hu? Håfa bidå-mu?" Ha dopbla i tataotåo-ña para u li'e' i mamboniton lonnat yan i nuebu na kulot betde, ya kumånta. Nina'bula i aire ni' buniton kantå-ña. Sumen magof si Ko'ko' ni'minaolek bidå-ña yan nina'banidosasa. Ha nå'i guatu si Hilitai ni' pilu-ña ya ilek-ña', "Hunggan. Sumen bunita håo låo tarihå-hu på'go. Na'lachaddek sa' ti apmam tåya' mina'lak."

Tinago' as Ko'ko', "Fine'na, usa i a'paka'." Låo tinane' si Hilitai ni' nuebon kulot-ña, ya ha estira i ilu-ña para i akague-ña, pues i agapa'-ña, ta'lo tåtte para i akague-ña, sa' ha gegef a'atan i mamboniton lonnat siha. Mientras ha a'atan gui', sin ha atende håfa che'chocho'-ña, ha supok i pilu hålom gi penturan a'paka', ni' ma fa'tinas kun minagof ginen i afok yan espuman tåsi. Annai ha bibira gui' para u atan kun minagof i tataotåo-ña, chatta' ha gogo'te i pilu, ya annai para u na'bunita si Ko'ko', ha disidi para u atan gui' ta'lo ya ayu na ha penta i pechon Ko'ko' ni puru rayåo. Nina'ye didide' a'paka' i piku-ña ya ayu na gumågak si Ko'ko', "Håfa bidåda-mu?" Hinengang si Hilitai, ya poddong ensegidas i pluma. Annai ha ripåra todu i chispas pentura gi pilon Ko'ko', måtto otro estråñu na puti, buente i konsensiå-ña, ya malågu duru tåtte para i prinitehen i liyang.

Na'ma'ase' si Hilitai. Ti ha håsngon para u na'chura i pilon i atungo'-ña, låo dimasiåo nina'magof gui' ni' bunitå-ña ya taya' hinassoso-ña put håfa yan put håyi.

Na'ma'ase' si Ko'ko'. Todu ayu na minappot put chatpa'gon rayåo. Todu ayu na mamboniton kulot yan tåt para u inasiste. Siñenten sen bubu, sen triste, yan sen ma traiduti, mina' ha disidi para u emmok ayu na hilitai. Matå'chong ya manhasso ya ha faisen maisa gui', "Håfa taimanu para bai hu na'i tåtte ni' hagas putiti-ña?"

Ayu na puengi, mientras mamaigo' si Hilitai, ni' esta ti gaige gi fi'on as nanå-ña, ume'kahat guatu si Ko'ko'. Ha pasensiåyi numangga para u falakngos i hila'-ña si Hilitai. Siempre ha' u falakngos. Ya hunggan magåhet, malakngos i hila'-ña annai lalannan. Gigon malakngos, dinengkot dururu ni' ke'ko' asta må'tot talo' mås di lamita hålom i hila'-ña.

SI OKKODO

Umå'åsson gi un guåfak i sen guaiyayon yan mås takhelo' na Maga'låhen iya Luta, ma arimåmayi ni' familiå-ña, i manakpapa' siha na manmaga'låhi, i dinanña' manmenhalom na manmaga'håga, yan kontodu i makåhnan i isla. Sumen malångu, ti siña kumalamten, ya chatta' kumuekuentos. Ya un båban siñåt guaguaguatu gi isla, un påkyo – manmetgogot månglo', hulu, yan måtmomon uchan. Sigun i makåhna, tåya' esta ninangga para i ma'gas. Mientras duru i manglo' mangguaife, ma priparårayi esta para i finatai-ña ni' asaguå-ña yan i håga-ña siha yan ma po'luluyi gi uriyå-ña i acho' atupat yan otro na klåsen atmås-ña siha para i ma hafot-ña. Kada ha' la'apmam, i manakpapa' na manmamaga'låhi siha, ni' ma sen gofli'e' i ma'gas na Maga'låhi, manhånao huyong para u fanakonseha yan i makåhna para u fanma faisen i Taotaomo'na ayudu ya u homlo' i ma'gas-ñiha. Gi durånten unu guihi na inakonseha, un takpapa' na maga'låhi ha ripåra un sakman ni' sigi humulo' påpa' yan hulo' huyong gi entalo' mansen dångkolo na nåpon tåsi, yan ha mumumuyi lokkue i manglo' para u hanåogui hålom i islan Luta. Ensegidas este na maga'låhi ha ågang i makåhna yan otro siha na manmaga'låhi para u ma atan luma'yak hålom i sakman. Todu giya siha esta ha' ilek-ñiñiha na yanggen siña luma'yak i sakman entalo' i mampiligru na mandångkolon nåpu, entre i tano'-ñiha yan i islan Guåhan, pues siempre adei u gaige guihi lokkue' i amot para i ma'gas-ñiha, un nina'i ginen i Manmofo'na na Mañaina i Taotaomo'na.

Luma'yak i sakman gi kanton tåsen iya Luta, mientras ma i'ilao ni' manmannanangga ni' håyi mohon i nabigadot. Ya ai sa' guiya i dangkololo yan masahegat na Okkodo, Maga'låhen i Sanlagu gi iya Guåhan, i gumaloppe huyong gi inai. Hinasson-ñiha i manåotao Luta na buente si Okkodo para u såtba i maga'låhen-ñiha, låo unu ha' entension-ña si Okkodo, ayu i para u konne' unu gi hagan i Maga'låhen Luta para asaguå-ña sa' måmta' na i hagå-ña siha etmås mambonitatatata. Ilelek-ña si Okkodo na ha miresi etmås bunitata na asagua sa' sumen matatnga yan sumen kabilosu gui'.

Ma arimåyi ni' linahyan tåotao si Okkodo, ni' sumen lokka' yan masahegagat, yan ni sikiera un pidasitu yinayas-ña ni' fina'pos-ña. Annai chumiche', manlålamlam i manå'paka' nifen-ña gi ichan. Ilek-ñiha ta'lo i linahyan na magåhet, guiya este i nina'en i Taotaomo'na ni' ma nisisita. I manmaga'låhi siha ma sangåni si Okkodo put i chachafflek yan guaiyayon na maga'låhen-ñiha, yan put i tinayuyot i makåhna para u homlo'. Ma laknos i tinangan-ñiha na puedi guiya si Okkodo u nå'i tåtte lina'la' i maga'låhen-ñiha. Manmanhasso, håfa mohon para u cho'gue fine'na?

Unu ha' gaige gi hinasso-ña si Okkodo sa', annai ha tungo' na kumekematai i Maga'låhi, ha ganye ayu kumu apottunidåt para u chule' i minalago'-ña kun didide' na minappot yan malinek ulu. Gi halom-tåno' yan asiguråo na bos-ña ha sangåni i linayan, "Tåya' minagof-hu ni ini i en sangångani yu', låo på'go na hu tungo' i put håfa na hu tulos mågi guini i sakmån-hu. Na'lachaddek fan!! Konne' yu' para i maga'låhen-miyu!" Ma esgaihon guatu asta un dångkololo yan grandiosu na guma' latte, i gima' i Maga'låhi. Gigon humålom, ha ilao todudu i hagan i chachafflek na tåotao, ni' todu manetekkon kun respetu para i tatan-ñiha, ya mamopoddong påpa' asta i hilo' tano' i mansen attilong yan mansen chomchom na gapotulon-ñiha. Mana'annok i apågan-ñiha sigun gi pineddong i gapotulon-ñiha gi ambos bånda gi ilon-ñiha ya ha ripåra si Okkodo i fininon i lassas-ñiha, yan i linamlam i lañan niyok gi tatalo'-ñiha. Låo ayu i muna'fañente gui' i sottera ni' umengulo' gui' kun dinidos yan anåkko' babali-ña. Mama' ti ha ripåra låo magåhet na sumen gefpa'go i sottera. Sin ha adingani håyi na tåotao gi halom guma', manatan chågogo huyong' gi destånsia, pues umessalao hulo', "Ke låo

håfa yu' para bai hu cho'gue?" Ha huchom si Okkodo i matå-ña, tumalak hilo', ya ha fåna' i tasi, mientras sinakukudi i fasu-ña ni gapotilu-ña kada guinaife ni' manglo'. Ti gef a'gang i genggong-ñiñiha i linahyan tåotao gi uriyå-ña ya nina'fanmamanman put håfa mohon ma sangångani gui' ni' Mañainan Ansiånu. Guaha bumababa i talangan-ñiha para u ma estira i nina'siñan-ñiha para u fanmanhungok entre i halom-tåno' na ina'gang i guinaifen mångló, ya manmanhula na manmanhuhungok bulala na engkobokåo na bos siha, guaha mangåkanta yan guaha manlålailai.

"Hunggan. Hunggan hu komprende," manoppe si Okkodo guatu gi manglo', måmachom ha' trabiha i matå-ña, yan tumalak hihilo' ha' i fasu-ña asta i sangkattan. Låo manachetge i attadok-ña. "Hunggan. Hunggan, honggiyon fino'-hu. Låo håfa taimanu…?" Ñumangon i halom-tåno' na bos-ña. Kulan mohon para u lalangu. Manå'a' i linahyan tåotao. Ha baba i matå-ña si Okkodo ya ha adingani siha. "Debi di bai hu falak i halomtåno'. Para bai hu ma fa'nu'i ni' Mañainan Ansianu un tinanom, buente klåsen åmot pat chålek tinanom." Ha tohne un bånda gi ilu-ña ya chumiche'. "Ti gef siguru yu' låo kun ginihan i Mañaina-ta Ansianu, na siempre bai hu ma na'tungo'. Bai hu chule'-tatte ya u ma sotne i amot, ya ayu mañe'lu-hu para u nina'homlo' i Maga'låhi." Pues kulan ma såffe mohon si Okkodo ya "makmåta" yan sigi di ha essalåogue tinago' i taotao siha. "Bula priparasion debi di u fanmana'listo. Fanlachaddek! Chuli'i yu' ni' todu i ginagao-ñiha i Manansiånu. CHule' magi tininon lemmai; malechen sinetnen aga'; tininon guihan ni' ma balutan ni' hagon chotda. Ya na'lameggai chinile'-miyu na manha para chugo' manha!" Direchas kuetdas mampinalålan-ñiha i manåotao Luta para u fanmana'listo i meggagai na tinago'. Manlinemlem lameggai na manakpapa' manmaga'låhi ya ma a'atan ha' si Maga'låhi Okkodo.

Låo ti monhåyan trabiha i Maga'låhi. "Fanmannannga! Ti en hingok trabiha i mås takhelo' na tinago': ti siña na para guåhu u pinacha i amot. Ma sangåni yu' ni' Mañaina-ta Ansiånu na u nina' tai bali i amot yanggen hu pacha i amot. Ilek-hu nu siha na ti bai cho'gue ennao. Låo ma tågo' yu' na ayu i umatan yu' annai humålom yu' gi gima', guiya ayu i para u ga'chungi yu'. Hunggan! Ayu i umilao yu', guiya ma ayek ni' Mañainan Ansiånu para u påcha i tinanom." Ya ha atan guatu todudu i famalåo'an

kontodu ayu i anåkko' babali-ña ni matåtå'chong gi fi'on i tatå-ña. Ha håtsa ilu-ña i sottera ya inilao as Okkodo put sigundo biåhi. Ya mås klåru lini'e'-ña på'go na biåhi: i labios-ña ni' potpot yan agaga', i kulot låmlam unai na atadok-ña, ni' nina'lålamlam mås ni' milak lågo'-ña. Ha såffe si Okkodo i achetge-ña asta guatu gi sottera sa' ha tungo' ha' na gi ti la'apmam na tiempo siempre u annok gi fason i palåo'an otro na siñente fuera di pininiti.

Despåsiu tumohge-ña i sottera ya guaha manakpapa' na maga'låhi mangahulo' para u ma ayuda. Guiya ini kiridan i chachafflek na Maga'låhi. Mumataknga i sottera kontra i gumågagak na månglo' yan motmomot uchan para u asiste si Okkodo kumåtga hålom gi halomtåno' i guagua' siha ni' mambulala pribension. Mamomokkat gi fi'on-ña yan ha a'atan hulo' kun minagof yan tinanga ini na dångkolo, bunitu, masahegat, yan ma bendisi na Okkodo.

Meggai na ha'åni maloffan desdeki humånao-ñiha si Okkodo yan i sottera. Pumåra i pakyo, ma ribåha guinaife-ña i manglo', pumåra pumoddong i ichan, låo pumoddong i Maga'låhi hålom gi didodok na maigo'. Esta ti ma bababa i matå-ña, ya mañospipiros gi tanges-ñiha i asagua-ña yan i pumalu siha na hagå-ña. Esta på'go tåya' ha' trabiha siñåt ginen as Okkodo yan i kirida na håga. Mansen inatborotu i manmaga'låhi siha asta manmamokkat guatu gi kanton tåsi annai ma despidi i dos. Ma tångse hulo' i taotaomo'na, "Saina, sedi na u låla'la' ha' i Maga'låhi gi finatton-ñiha tåtte i dos!" Kulan milågru mohon ma susedi sa' ai sa' mamokkat guatu gi me'nan-ñiha i kirida na håga. Ha kåkatga i guagua' siha ni' eståba mambulala pribension låo på'go kana' manmachuchuda' ni' kantedan åmot yan flores ni' mangginen i taddodong na halomtåno'. Manma asuma ni' manmaga'låhi siha na i achetge gi fasu-ña siñåt tinanga yan minagof, låo solu i makåhna rumipåra i linamlam lassås-ña ni' kulan dimasiåo ma'lak para i talu'åni.

Si Okkodo, ni' tumattitiyi i palåo'an, manågo' ni' taoato siha na u fanlachaddek chumule' i guagua' siha ya u fanmama'chå. Palu gi linahyan manmanhålla ni' guagua'. Otro palu manma priparåyi i hanom. Entre todu este na kinalamten inasiste, si Okkodo ha essalåogui mås tinago': "Gigon lumokklok i hanom, na'yiyi todu hålom ni' amot ya flores.

Na'lokklok i chå gi achaparehu na tiempo annai para bai hu fåtto guatu gi sakmån-hu. I gumaige-ku guini muna'falilingu adumidide' i pudet i chå. Ti siña na para bai hu gagaige ha' guini yanggen para u facho'cho' i amot. Ha yengyong i ilu-ña i makåhna na hunggan magåhet i sinangångan-ña si Okkodo yan ilek-ña, "Nihi ya ta kaikai håfa para u ta cho'gue." Chaddedek finalågu-ña si Okkodo asta i sakmån-ña para u sigi humånao.

I manakpapa' siha na manmaga'låhi ma ga'chungi chaddedek si Okkodo asta i sakmån-ña yan ma nåna'i gui' tåddong na minagof put i dangkolon nina'i-ña.

Guatu gi halom i dangkololo na guma' i Maga'låhen Luta, i makåhna yan i manmaga'låhi siha ma aridonduyi i chachafflek ya ma na'gimen ni' sinetnen amot astaki ha lachai gumimen todu. Sigi di ma hihuti manmananaitai yan manmannanangga na buente u homlo'. Humåhgong un biåhi, pues dos biåhi ya ma li'e' na kumahulo' sa' mambula i pecho-ña ni' hinahgong-ña. Låo annai pumoddong i pecho-ña ti kumahulo' ta'lo ni ngai'a'an ha'.

Manlalålo' yan manmalågu i manmaga'lahi asta i sakman gi kanton tåsi låo esta gai chinago' huyong i sakman. Ma ripåra ha' i masahegat na tataotao Okkodo yan ma li'e' lokkue' na gai ga'chong ni' un dikike' palåo'an ni' anåkkoko' i gapotilu-ña yan ha totohne gui' guatu gi dangkolon tåotao. Yanggen manlahihot siempre u ma li'e' na fanatan guinaiya gaige gi matå-ña yan minagof na chinatge gaige gi labios-ña sa' mangguaiya i palåo'an as Okkodo. Ma tungo' ha' na hunggan guiya ayu i hagan i maga'låhen-ñiha. Ma essalåogui a'gang si Okkodo, " Håfa på'go åmte-mu para i matai, Okkodo?"

Manineppe as Okkodo, "Tåya'. Håfot sino u mutong!" CHumålek ni' a'gagang mientras ha totoktok maffoñot i hagan i Maga'låhen Luta.

Maseha ti manggof tomtom todu i tiempo i manmaga'låhi siha, ma tungo' ha' na maolekña si Okkodo u falålagu put no u ma puno'. Ya lokkue', håyi para u lalalulu'i ayu i numå'i siha maseha dididide' na deskånso gi pininiten-ñiñiha. Taiguennao ha' lokkue' i hinassoso-ña i hagan i Maga'låhi annai ha yute' i didok na pininiti asta guatu gi minannge' yan sumen na'magof na guinaiya.

HEH HEH

JACK LUJAN BEVACQUA

SI JUAN MÅLA

Ñålalang gi finakmatå-ña si Juan Måla gi halom i sadigåni-ña ni' hihuhot kontra i sisonyan Hagåtña. Mamokkat sumin dogga gi hilo' i satgen odda' gi gimå'-ña yan ha håhatsa hulo' unu put unu kada guåfak ni' ma huto' påpa' gi tano' sa' manespipiha salåppe'. Ha sodda' dies pesos ni' salåppe' oru! Ha såffe påpa' i bulolokbok na tiyån-ña para u famatkilu yan mungnga chumathinasso. Ha håtme i solu ayu ha' na kaddada' katsones-ña ni' echong ma lapblå-ña pues mamokkat guatu asta i bañaderu para u konne' i masoksok yan gago' na ga'-ña karabåo. "Ekungok este, gago' animåt," ha kuentusi guatu i umachichigo' ha' na gå'ga', "para un fama'kepble para guåhu på'go na ha'åni." Pues ha baba i pachot i karabåo, ya unu put unu ha na'pañot i ga'ga' ni' dies pesos na salåppe' oru. "Pasensiåyi yu', animåt," ha adingani ta'lo. "Gi minachom i ha'åni på'go' u ta achahåspok hit na dos!" Pues ha hotde i karabåo ya mientras humåhanao påpa' gi chalan, sigi si Juan di chumeffla ni' un na'magof na kånta ya ha yeyengyong lokkue' i pokkat-ña i ga'ga' sa' ha tattitiyi i kompås i kanta. Ai adai pusision-ña si Juan yan i kaddada' katsones-ña yan burego' matå-ña. Umafakcha' yan un riku na lancheru ni humåhanao asta otro na direksion ya magåhet na hinengang i taotao ni' put håfa mohon ha magugufi eyu na popble yan oddada' tåotao. Ha essalågue guatu si Juan, "Lahi-hu, put håfa na rason na sen magof håo på'go na ha'åni?"

"Siñot," ineppe as Juan, "guåhu etmås riku na tåotao gi tano'!"

"Magåhet?" finaisen ni' esta på'go mamanman ha' na lancheru. "Håfa taimanu, lahi-hu, na taiguennao ennao?"

"Ke, un hongge yu' mohon yanggen ilek-ku na i karabåo-hu guini muna'riku yu'?" Ineppe as Juan. "Atan ha' sa' kumu hu na'aridonduyi bente biåhi i famokkåt-ña, despues hu sapblåsos ni' addedet, siempre u mutå'i huyong salåppe' oru." Ha padda' i saolak-ña ni' ha fa'tinas ginen ba'yak hågon niyok ya ha achetge i lancheru.

Siempre adai ti u hinengge ni' taotao, pues ha tutuhon para u fina'nu'i as Juan. Ha godde tåli i agå'ga' i karabåo ya sigi di ha na'famokkat umaridondo bente biåhi. Sigi di mamokkat umaridondo i dos ya ti åpman bumulåchu i ga'ga' mientras sigi ha' di chumålek yan chumeffla i dueñu. Låo si Juan ha atan un båbanda i lancheru mientras ha a'atan ha' lokkue' i ga'-ña, ya annai ha ripåra na esta ha' para u lalangu i ga'ga', ha sapblåsos ni' dirururu. Ai na nina'må'ase' i ga'ga' sa' duru di ha mutå'i huyong ayu i håfa ha' na'-ña guihi na ogga'an, i dies na salåppe' oru ni mamåpakpak huyong gi pachot-ña.

Tumohtohge ha' i lancheru; umatalalak i attadok-ña yan umå'a'a' i pachot-ña ni' lini'e'-ña salåppe' oru. Nina'ambiento i titanos-ña.

"Kuånto mohon na siña bai hu fåhan este na gå'ga'?" ha faisen si Juan. Sumaragåti si Juan annai ilek-ña, "Siñot, ti siña adai na bai na'hånao ha' este na gå'ga' put didide' na salåppe'. Adahi sa' ha mutåta'i yu' salåppe', pues..." Lao hinassoso-ña i lancheru na popble yan udu ha' si Juan. Ha ufresi dies ta'lo na salåppe' oru para u chilong yan ayu i esta ha' ha mutå'i huyong i ga'ga'. Sigun i lancheru, tåya' malingu-ña sa' siempre u nina'mås di empas ni' karabåo. Gef ya-ña ha' eyu lokkue' si Juan, pues ha nå'i i lancheru ni' gago' yan ñåñahlang na ga'-ña para i riku na lancheru. Pues, akadakuåt i dos gi hinanao-ñiha, achaparehu ma na'påpakpak i kannai-ñiha yan chumecheffla na'magof na tunåda. Hunggan, chumeffla yan sigi mo'na i pinekkåt-ña si Juan, låo entre mås mo'na ha na'chaddekña gui' ki nu i rikon lancheru put siakåsu u guse' ginacha' ni' pikuru-ña enlugåt di astaki la'apmam na tiempo.

Annai esta lachago' i hinanåo-ña gi chalan, si Juan, ni' esta på'go o'odda' ha', sumin chinina yan ha u'usa ha' i ma låpbla na katsones kaddada' ni' meggagai betså-ña, manhasso måolek na buente debi di u nå'na' todu i nuebu na kepblen oru. Tumunanas guatu asta i kanton tåsi, ya manutot-guatu ha' un råmas lemmondichina para dekkå'-ña, sa' ha tungo' ha' na guaha siempre para u guaddok gi inai, no?

Mañodda' lugåt gi kanton tåsi ni' siña ha måtka para u chaddek sumodda' ta'lo. Ha usa i initot råmas para u fangguaddok hoyu gi inai, ha sahguaniyi ni' salåppe' oru, pues ha tåmpe yan ha usa i addeng-ña para u såffe i inai. Annai satesfecho ni' bidå-ña, ha tattiyi pumokkåti i kanton tasi. Ha na'chågo' gui' gi pine'lo-ña, yan ha galuluti guatu i ha sosodda' mo'na na acho' pat påtten pineddong trongko. Ha bibira i galuti-ña gi kannai-ña yan manhahasso ni' håfa mohon para u fåhan ni' salappe'-ña. Ai sa' ha totpepe ha' mo'na un peskadot ni' tai mehna sa' ha apåpaga ha' trabiha i talayå-ña. Ha ripåra na humugågando si Juan yan i balas ya ha kasse ha' ni', "Nånalao, kåo mitsese bali-ña ennao na balas?"

"O, este?" Ha håtsa hulo' i balås-ña si Juan. "Fanhongge chaddek na este fuma'nunu'i yu' mañodda' salåppe' gi papa' tåno'!"

Kana' sumalamångka ni' chalelek-ña i talayeru. Ti ha hongge si Juan. Låo ti inestotba si Juan ya ilek-ña, "Atan ha'!" Ha na'tachu go'te-ña ni' bålas, ha kitani i hayu, pues ai sa' kulan mohon guaha humåhalla i balas asta guatu gi direksion ni' ginen ha pokkåti si Juan. Ya si Juan, mientras ha achechetge i peskadot, ha bira gui' para u tattiyi i "hinallan" i balas. Malålagu i peskadot gi tatte-ña ya todu i dos ma dalalalaki i hinallan i balas astaki pumåra ensegidas i hayu. Ginen håfa mohon na påkto muna'påra i balas ya ha tatancho' påpa' i inai. Dumeha si Juan ya ha guaddok i inai ya ai fanatatan-ña i peskadot ni' salåppe' oru ni' guinaddok-ña huyong gi maddok. Ha sohgue hulo' si Juan i salåppe' oru siha pues ha sotta para u famoddong kalan pineddong sinehguen unai. Ha achetge i peskadot ya magåhet na kulan milågru i lini'e'-ñiñiha.

"Bai hu nå'i håo dos sientos pesos nu ennao na bålas!" Inessalåogue ni' mahngangan na peskadot. Fine'nena, kado' mungnga gui'si Juan Mala numa'i i taotao ni' balas, låo, alosuttemo, ha nå'i guatu put dos sientos pesos.

Påʼgo nai na mås mambula i betså-ña siha ki nu eståba. Ha bira gui' tåtte si Juan para i sengsong para u famåhan magagu-ña. Ha nisisita katsunes ni' mås manåddong botsa-ña, yan buente un pottamuneda para i salappe' oru. Nina'desganåo ha' i gai tenda annai mamokkat hålom si Juan gi tendå-ña sa' ha tungo' ha' i kuchinu-ña si Juan, låo ma bira i kostombre-ña annai ha li'e' i kantedån salåppe' ni' binetsåsa-ña.

"Håfa mohon siña finahan ni' dos sientos pesos para guåhu?" mamaisen i inusente as Juan, ni' tåtnai ha gatcha' hålom ini na tenda. Ai minagof-ña i dueñon i tenda ya sigi fina'nu'i ni' mansen åttamos na katsunes i ManEurupe'iu kontodu un sen å'paka' na chininan atgedon ni' manlålamlam batunes-ña. Ha fa'nu'i lokkue' si Juan ni' sapåtos kueru, "kulan taiguihi i sapåtos manakhelo' na kabåyeru siha," i kinembensese-ña ni' inusente. Si Juan, ni' didide' ha' malago'-ña para u tungo' put manakhelo' na lalåhen Españot pat CHamoru, ha huganduyi ha' lokkue' i dueñu ya ha faisen kåo ma fa'tinas i sapåtos gi iya Espåña. Ineppe ni' gai tenda, mientras ha goddidiyi ni' sapatos-ña, na ayu ha' i ha engkåkatga hålom na fektos etmås mamfinu yan mås manmåolek manmafa'tinas-ñiha. Alosuttemo, ha laknos huyong un uniku na klåsen tuhong, "Para u na'kabåles i pusision-mu, siñot. Sumen aya ini yan i sapåtos." Gi minagåhet, ha diseseha i gai tenda na i tihong u tåmpe i anåkko' yan mulåtutu na gapotulon Juan ni' hagagas, buente put meggai na dihas, ni ma paine o sino ma fa'gåsi.

Magogof i tenderu na sumen magof lokkue' si Juan gumåsta meggagai na salåppe'-ña gi tendå-ña, låo malago' ha' lokkue' para u na'asentådu si Juan, pues ha godde tåtte i gapotilu-ña. Annai ha li'e' gui' si Juan gi espehos, sinangåni ni' tenderu na i ina'paka' i chinina yan i asut na katsunes ma komplementa guatu i attelong na lassås-ña. Nina'banidosusu si Juan nu guiya. Yå ki esta monhåyan i ma tulaika-ña yan kana' ha gåsta todu i dos sientos pesos na kepple-ña, humuyong gi tenda sen ti parehu yan i sumin chinina, sumin såpatos yan sen kuchinu na tåotao ni' fine'na humåtme i tenda. Esta på'go kulan guiya unu gi manrikuku na mandueñon i tano'.

Eståba si Juan gi sanme'nan i tenda annai maloffan i Gubetnadot Españot, ma'u'udai gi kabåyu-ña. Rinipåra ni' Gubetnadot na sen propiu yan finu pusision-ña, ya pine'lo'-ña i ma'gas na kumu unu gi manriku na tåotao tåno' si Juan, pues siempre angokkuyon yan siña ma nå'i komfe'ånsia. Ha faisen guatu si Juan, "Despensa yu', Siñot, låo kåo guaha na un hungok put ayu i pikaru na tåotao as Juan Måla?"

"Si Juan Måla!" ha esklåma si Juan Måla. "Put Dios, hu gef tungo' håyi gui'. Todu i linahyan tåotao gi sengsong tumungo' put guiya. Sen na'mamåhlao ayu na fafa'baban tåotao! Ke låo håfa bidå-ña på'go na biåhi?"

"Sakken tåotao adai! Tiot tiempo ha fa'bababa tåotao ni' salåppe'-ñiha. Tåya' na hu chagi gumacha' gui'. Låo på'go na biåhi guaha dos kumeha put guiya, un rikon lancheru yan un måolek na bumuchåchon talayeru," ilek-ña i Gubetnadot kun makkat na hinahgong. Ha yengyong ilu-ña ni' desganåo-ña.

Achaparehu yinengyong ilu-ña yan si Juan. "Ti na'manman este i ma na'fåfamta', Siñot. Yan sinembåtgo, ti na'magof," inadingani as Juan. Låo chaddek malaknos idehå-ña. "Sinot, hu tungo' ha' månu na lugåt siha na uma'attok este as Måla. Manggai chinago' ha' i fanattokån-ña siha, låo po'lo ya bai hu chagi kumonni'i håo nu guiya, Siñot Gubetnadot."

"Ai, hunggan fan, put fabot. Kumu ma gacha' yan ma dåggao gui' ni' lai, u guaha hostisia para håyi siha ha isåogue, ya gaige na dångkolon onra siempre ma nå'i yu' ginen iya España," ilek-ña i Gubetnadot ya lamlalam fasu-ña ni' minagof-ña. Magåhet na måolek fottuna-ña ni' ha fakcha'i este na kabayeru yan i minalåte' na idehå-ña.

"Yanggen un na'ayao yu' ni' kabayu-mu," ilek-ña si Juan, "mås chaddek siempre para bai hu konni'i håo nu guiya." Ha dopbla mo'na tataotåo-ña ya mannå'i saludu ni' kannai-ña kun respetu. Hinilat ni' minagof-ña i Gubetnadot ya ha na'chaddedek numå'i si Juan ni' kabayu-ña.

Nina'fanmanman i taotao siha gi sengsong ya manma'a'atan ha' si Juan annai ha hotde yan ma'udai gi bunitu yan dikno na gå'ga'. Nina'fanå'a' annai ma egga' si Juan Måla ma'udai gi hilo' i bunitutu na kabåyu, ha na'fammokat gi me'nan i Gubetnadot, pues ha na'galoppe mampos chågogo' esta ha upos i chechon i sengsong yan mås. Duru di ha na'påkpak kannai-ña i Gubetnadot yan ume'essalao "Biba!" guatu gi finu yan hoben na kabayeru mientras ma'u'udai gi sen bunitu na kabåyu asta huyong gi minachom åtdao gi puntan långhet. Ha guiguifi i Gubetnadot i onråyon na sirimoñas ni' para u ma nå'i gigon ma nå'i ni' hostisia si Juan Måla, låo tåtnai måtto gi imahinasion-ña i Españot na ni ngai'an na u li'e' ta'lo si Juan Måla yan ni nungka i ga'-ña kabåyu lokkue'.

Estague' på'go nai si Juan Måla na gai iyo bunitu na magågu, un dikno na kabåyu, yan i tehtehnan na salåppe' oru. Klåru na guiya ayu na hoben tåotao i puru trungketrung gi minagof i lina'lå'-ña, låo guaha ha' ayu i muna'bububu gui'; unu gi magåhet ayu i Kabayeru ni' ya'-

ña mumåma guatu gi Espåñot siha. Ma tungo' gui' gi sengsong kumu
unu entre i manmestisu siha, ayu i manlamitå håga'-ñiha CHamoru
ni' manninana'i meggai na binifisiu nu i Espåñot siha gi isla, låo ha
nisisita ha' lokkue' i yine'ase' i taotao tåno' para u ma guaiya, yan para
u ma fa'atungo' gui'. Låo dimasiåo banidosu. Sesso mamuda ni' mås
mangguaguan, mås manmihillet, mås mannuebu na moda. Sinembåtgo,
sesen båba pusision-ña ni håfa ha håtme na magagu-ña. Mamomokkat
entre i sengsong guaha na biåhi na tumalak hihilo' i gui'eng-ña, yan
nina'fambåbachet i linahyan tåotao ni' manma'lalak na hillet katsones-
ña yan magagu-ña gi ma'lak ininan åtdao.

Låo ma tungo' ha' lokkue' i Kabåyeru ni' taotao tåno'. Ma å'agang
gui' "Åbladot." Ha pokkåkati i sengsong sa' malago' para u fa'nu'i i
taotao siha nu i otgoyosu-ña. Yanggen ha fakcha'i i Kabayeru un tåotao,
achok ha' ti ha gef tungo', ha na'påra i taotao ya sigi di ha sangåni na ti
mana'ayek gui' ni' etmås mambonitata na famalåo'an gi sengsong. "Kåo
un tungo' na…" ya ha tutuhon i estoriå-ña. Pues ha kontenuha ni', "Ai
adai, ti siña yu' ma sotta ni' mambonitan famalåo'an siha." Pues duru di
chakka' chalek-ña kulan mohon ha hahasso na sigi di ma tattiyi gui' ni'
mambonitan famalåo'an.

Ha fa'inonos gui' ini na Kabåyeru para u kuentos put maseha håfa
na asunto. Ha kuentutusi ha' mo'na maseha håyi afakcha'-ña gi chalan.
Guaha na biåhi na ha adingani ha' håyi gaige gi fi'on-ña ni' "Kåo un
tungo' na ma faisen yu' para bai hu atbisa i Gubetnadot put håfkao siha
na asunto? Ai, ti ha tungo' adai håfa taimanu para u arekla este siha i
taotao tåno'." Pues ha na'yiyi ni', "Ha tungo' i Gubetnadot na hu tungo'
put todu håfa siha guaguaha gi sengsong yan hu gef tungo' lokkue'
umarekla ini na manaitiningo' tåotao siha."

I Kabayeru ha desatende i pusision ensutto gi fason i prohimu
ni' ha kuentutusi, pues ha mufeha ni' eyu na kassen chålek ni' sina
muna'fanachu i pilon atayo'-ña si Juan Måla yan nina'fanaki'om
lokkue' listo para u famaniti. Pues suette-ña nai si Juan Måla na annai
gumaloloppe yan i kabayon i Gubetnadot asta i kanton tåsi, ha upos
i kabayeru ni' mamamokkat guihi na ogga'an chågogo' huyong gi
sengsong. Annai måtto gi kanton tåsi tumunok si Juan gi kabayu-ña, ha

godde i buniton ga'-ña put no u falågu, pues tumohge fi'on i sampapa' na påtten i kantit ni' lokkaka' hulo' gi langhet. Ha kåhat hulo' todu i dos påtman kannai-ña kontra i ekso' kantit kulan taiguihi mohon i ha gogo'te hulo' i ekso'. Yanggen på'go un li'e' si Juan kulan para u muta' ni' yinayas-ña'. Annai måtto i Kabayeru gi fi'on-ña, ha chatge si Juan, kalan para u embelekeruyi håfa bidåda-ña, låo ti ha entensiona para u fanayuda. "Ke, låo håfa bidåda-mu,?" ha faisen si Juan.

"Ke nai hu gogo'te hulo' i kantit," manoppe si Juan ya lålaolao bos-ña. Rinipåra si Juan as Kabayeru na tånto i dos addeng-ña manlålaolao ya duru påpa' måkño' gi tano'. Ha li'e' na manlålaolao lokkue' i dos kannai-ña yan makkat i hinahgogong-ña esta guguha. Gi minagåhet, ha tungo' ha' si Juan na dimasiåo makkat i magagu-ña para i tasi. Ha tutuhon masahalom i ha'i-ña. "Åhe' agon. Håfa adai bidåda-mu?" finaisen ta'lo as Kabayeru.

Ineppe ta'lo gi as Juan ya på'go na biåhi petdika bos-ña yan esta ha' ume'essalao, "Hu gogo'te hulo' i kantit. Ti un ripåra i pinalalå-hu umupos håo gi kabayu-hu? Ha nå'i yu' nutisia i Gubetnadot put i piniligron i kantit ya ha na'responsåpble yu' para bai hu fa'måolek. Yanggen ti hu go'te hulo', siempre matomba papa' i kantit ya ai na dinangkolon desgråsia siempre u inafekta todu i manmaloloffan." Kulan guaha ma señas, o sino inayuyuda si Juan as Yu'os Tåta gi langhet, sa' manlagas siha påpa' bålas ginen iya hulolo' gi kantit, ni' mamoddong fi'on i addeng i Kabayeru. Tuma'yok tåtte i Kabayeru.

Inadingani mås as Juan ni', "Ha nisisita este na kantit i minetgot dos na tåotao put no u matomba påpa'. Esta sumen yåfai yu', Siñot, ya ti åpmam u falingu i tehtehnan na fuetså-ku." Umessalao si Juan, "Esta para u hokkok i fuetsa-ku!" ya gi tinabirå-ña ha fåna' i Kabayeru ya ha sangåni, "Siñot, kuentan dos tåotao i minetgot-mu! Hågu etmås metgot na tåotao ni' hu upos entre i maloffan na dos dihas. Siguru yu', Siñot, na hågu na maisa un na'siña gumo'te hulo' i kantit. Ti mappot para hågu, mientras hu falågue ayudu ginen i manåotao i sengsong siha para u akudi hit guini!" Inatan si Juan ni' Kabayeru yan ha atan påpa' lokkue' i dos kannai-ña, yan ha hasso, " Siguru yu' na siña hu go'te hulo' na maisa este na kantit."

Kumu ilelek-ña i Kabayeru na ensutto para guiya ayu i ti ma emfotma gui' put i desgråsia ni' ma susesedi guini, tumailayi guatu as Juan annai ilek-ña, "Hattanao!" Mikomfe'ånsia i Kabayeru ni' minetgot-ña. Ha håtsa un kannai-ña si Juan ni' ensegidas tinahgue ni' Kabayeru. Pues ha na'suha i otro na kannai-ña mientras tinahtahgue enteru i pusision-ña as Kabayeru. Mumåkño' lokkue gi tano' i addeng-ña. Nina'manman ha' didide' i siñot na kulan nahlalang i kantit, ya sin håfa na fuetsa ha essalaogue si Juan, "Hånao. Agangiyi mås taotao para u ma kedanchiyi este na prublema! Låo achok ti un alulåyi mågi. Måolek ha' yu'."

"Hunggan. Asiguråo yu' na un maolek ha'," ilek-ña si Juan Måla nu guiya ya chumakka' hahalom. Annai ha pula' i gedden i kabåyu yan ha hotde i buniton gå'ga', satesfechåo i inatan-ña guatu gi Kabayeru ni' numanangga na para u gai inapmam i gine'tete-ña nu i kantit ni' gi minagåhet ti nisisåriu para u ma go'te hulo'.

Eyu nai na annai måchom i ha'åni, maseha si Juan Måla ha såtba i sengsong ni' un otgoyoson tåotao, manggåna dies na salåppe' oru, gumai dahok ni' nuebu yan fabulosu, yan ma nå'i un buniton kabåyu, ñåñahlang ha' i tiyån-ña sa' tåya' nengkanno' para na'-ña!

NEILL CATANGAY

I PAOPAPAO NA PALÅO'AN

CHatta' ha nginge' i sendålon Amirikånu taiguihi i pao flores. "Rusåt?" ha hasso. Ha hasso ta'lo ya ha ripåra na åhe'. Tåya' gi isla. Ahe' ti rusåt. Lumalailai trabiha i pao gi katman aire, låo ti påo mames na rusåt. Ha ta'lon kumenginge' håfa mohon yuhi na pao, astaki måtto di paopapao enteru i estasion guatdia. "Ai'ia'ai'ai'ai," ha sangånen maisa gui', "Lemmon." Pues ha huchom i matå-ña ya ha na'apo' tåtte i ilu-ña para u hagungi mås hålom håfa påpaopao gi aire.

I machom matå-ña muna' ti ha li'e' na mumåma'ya un figuran å'paka' ni' inipos ha' hihuhot nu guiya.

* * *

Tåtte gi tiempon Españot, fihu manguentos i taotao put un engkantåo na palåo'an ni' kada puengi mamomokkat påpa' gi sabåna fi'on ayu na lugåt gi mudetno na tiempo annai tumohtohge i sendålon Amirikånu, ni' gumuåguatdia i estasion i militåt, ni' ngumingenge' i paopao ni' guinaguaife ni' manglo' yan ni ti ha tungo' ginen mamanu guatu i paopao. Gi minagåhet, ni unu gi estasion militåt tumungo' maskeseha håfa ini put na palåo'an, yan ti gef meggai na tåotao tåno' tumungo' lokkue' put guiya, fuera di un åmko' na biha, ya ombres siha ma na'fangeke'adanche håfa ha' kalan ma huhungok. Ma såsangan na buente ginen tåotao Hågat i palåo'an, piot ayu guatu gi kanton tåsi

annai gof ya-ña numangu, låo siña buente sumåsaga gi sen takhelo' na sabåna gi sanhilo' i sengsong, hålom gi gaddodon yan tåddodong na hålomtåno'.

Låo ginen un tiempo tåtte gi tiempon Españot, lameggai biåhi na i taotao tåno' siha manma a'atan ha' i palåo'an yanggen mamokkat gi fina'chålan påpa' gi ekso' para u o'mak gi matan hånom fresko fi'on i tasi. I taotao siha, parehu guihi na tiempo yan gi prisente, ti ma tungo' håyi i na'ån-ña, låo ma tungo' na humåhanao påpa' kada pupuengi yan gi parehu ha' na fina'chålan.

Put i ma kedanchichiyi håfkao put i palåo'an, ma fa'bisiu ni'un familia para u ma nangga ya u ma ilao i finatto-ña gi hinanåo-ña påpa' an ha bira gui' tåtte para i fina'pos-ña hulo' gi sabåna. Siha ha' na familia manggai guma' kana' lamita hulo' gi ekso' sabåna, ni' annai måolelek para u fanmanado' sin u fanmali'e'. Manhogågando i famagu'on gi uriyan guma' gi esta ha' para pupuengi annai ma li'e' i palåo'an gi fine'nana biåhi. Mamomokkat kalan lumalakse' påpa' gi ekso', manu'usa å'paka' bestidu, yan ma paine hulo' i gapotilu-ña ni ha akeyo' gi kueyu-ña. Sumen masoksok yan kulot chukulåti, kalan hillet fache', i tataotåo-ña. Naturåt na u fanggai enteres i famagu'on nu guiya: ginen manu gui', håyi gui', håyi na'ån-ña. Nina'fanyayas ni' bulan kuestionan-ñiha åntes di maninagang as Nåna para u fanhålom gi gima'. Poddong i atdao. Manmaleffa i famagu'on.

Manggaige i enteru familia gi halom guma', mandeskåkansa despues di mañena, ya ma nginge' i palåo'an åntes di u ma li'e'. "Nåna, kåo mama'titinas håo på'go?" mamaisen si Tåta.

"Åhe', i påo lemmonchina ha'," ilek-ña si Nana.

I pao i lemmonchina ni' ma u'usa gi fina'tinas kelaguen fumo'nåna'gue este na estråñon palåo'an mientras ha pokkåkati hulo' i ekso', i gapotilu-ña på'go na biåhi ti ma gogodde', ya anåkko' yan tunas påpa' gi santatte-ña. Nina'fanmanman i famagu'on sa ha u'usa ha' trabiha i a'paka' na bestidu-ña ni' ha håhatme desdeki i lataftaf. Manafaisen kåo ginen numangu pat umo'mak. Para månu gui' pa'go? Este i fine'nana na puengi.

Ya kulan taiguini i bision i familia kada puengi: mandanña' gi

uriyan guma' ya ma egga' i palåo'an yanggen mamomokkat påpa' gi ekso'. Ma dibina ngai'an mohon i finatto-ña guatu. Pues, manhinatme yan nina'fambulåchu ni' kulan guaguaguan na mannge' paopåo-ña ni' hinatme tånto i gima'-ñiha enteru.

I tata mås malago' para u embelekuruyi put i palåo'an. Måtto gi hinasso-ña na despues di umo'mak, ha palala'i gui' ni' lemmonchina. Ha tungo' ha' na meggai na famalåo'an chumocho'gue este para u ma såosao håfa na odda' i lancho tehtehnan gi tataotao-ñiha. Fana'an put i meggai na trongkon lemmonchina mandodokko' guihi na humåhanao hulo' gi ekso' sabåna. Meggagai magåhet na trongko mandodokko' guihi. Buente lameggai tinifefe'-ña åntes di o'måk-ña ya ayu na mamomokkat guatu guihi kada talu'åni para u gåsta i tiempo-ña. Fana'an ayu na klåsen påopao ginen fruta ni' espesiåt para guiya sa' gigon ha upos i gima'-ñiha ya manhinatme i familia ni' eyu na påopao, nina'fanmagogof todu siha gi buskabidan-ñiha guihi na puengi. Lumålailai i asagua-ña mientras manlålakse. Nina'fantrangkilu i famagu'on. Låo åhe' si tåta. Nina'apurårao. Malago' si tåta para u tungo' put sa' håfa na ha bibira gui' tåtte i palåo'an para i sabåna gi hemhom puengi.

Un puengi, annai på'go maloffan i palåo'an, sigi i familia manma cho'gue i buskabidan-ñiha låo sahnge bidå-ña si tåta. Annai i palåo'an ha upos i fina'sagan pine'lo ni' lachago' ha' desde i gima', malågu i tåta ya umattok gi tatten otro na liheng ya ha ilao i palåo'an annai mamomokkat gi fina'chalan. Ha upos ini na fina'liheng ya sigi hulo' gi ekso'. Lini'e' as tåta na para u hålom i halomtåno'. Ha li'e' lokkue' na entre mås hihot guatu gi halomtano' mås chaddek i hinananåo-ña ya kalan mumåma'ya gi aire. Annai esta ha' para u håtme i halomtåno' kana' ti siña lini'e' as tåta. Mås makkat para u tattiyi sa' mås makkat para u ma li'e'. Lumuhan si tåta ya ha dulalak. Humålom i figura gi halomtano' asta un fina'manana gi me'nå-ña ya tinattitiyi ha' as tåta. Gigon ha gatcha hålom i fina'manana, malingon halom gi aire i a'paka' na figura. Mamokkat si tåta hålom gi fina'manana ya sigi di ha aridonduyi, ha aliligao i palåo'an. Låo tåya'. Taigue i palåo'an.

Pues kada puengi nginginginge' paopåo-ña ni' ayu na hoben guåtdia. Un puengi, annai ha na'siguru na ha bababa i måta-ña, ha li'e' un masoksosok na palåo'an yan anakkoko' gapotulu-ña. Manusa un semplisiu na bestidon å'paka', etmås å'pakakaka' na hillet ni' tatnai ha li'e' i guåtdia. Ya put i ti debi di u dingu i sagan guåtdia, ha iluyi put håfa taimanu na para u finatoigue guatu ni palåo'an.

Un puengi, gigon i guåtdia ha nginge' i pao lemmonchina, ha go'te i kandet batiriha. Annai inipos, ha ina guatu ni' kandet ya lossos bos-ña annai ilek-ña, "Påra! Håyi gaige guennao?" Låo tåya' ininåna-ña i kandet-ña. Malingon halom i palåo'an!

HINASSO 3

Håfa taimanu para bai hu tutuhon sumangåni hamyo put i manespiritu ni' manggagaige guini, put i taotaomo'na ni' manggaige todu gi uriyå-ta, put i mineggggai-ñiha ni' manliliheng gi manma abandona na sulåt siha pat i taddong na halomtåno', put i trongko annai manliliheng, yan trongkon håyu siha ni' manengkantåo? Håfa taimanu para bai hu sangåni hamyo put i mantihå-hu yan i mantihu-hu siha yanggen manguentos put taotaomo'na kun dångkolon mina'å'ñao, put håfa taimanu na si tatå-hu, ni' ma iduka na tåotao, ha kuentusisiyi siha kulan mohon manlåla'la' na lalåhi yan famalåo'an; put ha fafaisen na put fabot mungnga na u fanma estotba i ga'lågu siha gi tatalo' puengi? Håfa taimanu para bai hu sangåni hamyo na mamåra manhåohao i ga'lågu siha gi tatalo' puengi? O sino ayu i manachu i pilu-hu yanggen machocho'cho' yu' gi santatten guma' ya achaparehu siñenten-ku kumu na'ma'a'ñao yan gai konsuelu? Håfa taimanu para bai hu sangåni hamyo put i palåo'an tåotaomo'na ni' duru di ha biran bumaila gui' gi alas dos gi lamañåna gi uriyan guma' ya ha hasso ha' i ansiånu na pasåda annai gaige i såla på'go gi prisente, na manlåla'la' ha' i tiningo'-ñiha i manansiånu na Mañaina-ta maseha manmåtai desdeki hagagas na tiempo?

Yanggen hu kechagi para bai hu sangåni hamyo, piot ya ti manåotao este hamyo, ti en komprende ha'. O sino, en chagi para en kekomprende yan en fa'na'an: Engkantåo na Minagåhet. O sino en sangan na tiningo' i hagas ya chatta' ma tungo'. Ti suåbi. O sino put mås båba, en agang sumen mibali.

Yanggen tåotao este håo, siempre ha' un tungo' na i sostansiå-ña i espiritu sinestietieni ni' taddong yan komplekåo, i minina'siña yan antigu, ni' di'åriu na otdenåriu na tiningo'. Ya ginen este siha na manera siña ginibetna maseha didide' i lina'lå'-mu. Meggai na tåotao, yanggen manma poksai guini na tano', piot yanggen CHamoru (yan guaha na biåhi na åhe'), manma tungo' este na komplekåo tiningo' gi maseha håfa na idåt, håfa na estao gi kumunidåt, o sino kuånto ma eskuelåyi. I Manantigu na Mañaina-ta ma måmanda na todu hit u ta fanmanggågao petmisu yan mina'ase', yan u ta rikoknisa yan respeta siha. Yan ta fanmasangåni ginen i estoria siha nu i manma nå'i hit.

Ginen este na estoria siha guaha tiningo'-hu magåhet: Hu tungo', put ihemplo, fumaisen si guella yan guello para bai hu ma sedi maloffan gi halomtåno'. Hu tungo' na ti debi di bai utot påpa' pat muna'låmen un bihu na trongko. Hu tungo' na yanggen esta lemlem tåotao ti debi di bai hu fangonne' manneni pat manhoben famagu'on huyong gi gima' put no u fanma pacha yan u fanmana'malångu. Hu tungo' ha' na i taotao ti u estotba i manana pat gåddon na halomtåno'. Hu tungo' ha' lokkue' na maseha gi et mås didide' na dåñu, hu såonao gi manggågao asi'i yan despensasion sigun i minalago'-ñiha, ayu ha' i minalago'-ñiha.

Si tatå-hu bihu, ni' manhongge gi as Yu'os, ya fana'an le'an. Ma såsangan ni' mamprimu-hu yan primå-hu siha na ha na'dokko' un trongkon nunu gi uriyan i gimå'-ña ni' ti ma papacha ya ha lili'e' duendes siha ginen i kusinan i gimå'-ña giya Sinahånña, i gimå'-ña nu i ha kåhat gi tatten i Gima'Yu'os gi finakpo' i gera, annai manma dulalak i familia giya Hagåtña.

Buente si tatan bihu ha påsa påpa' i mina'sais sensiå-ña, i le'ån-ña, guatu gi as tihå-hu si Diddi, ni' despues guiya umirensia i gima', ya ha sangåni ham na ma å'agang i na'ån-ña gi tatalo' puengi ginen i sampapa' na bibienda gi gima' Sinahånña. Desdeki ayu na puengi yan kada puengi despues astaki i finatai-ña, ha na'fanmañiñila' todu i kandet gi gima'. Ya ilelek-hu kada kåndet. Put para bai hu preba este gi ga'chong-hu, mañugon ham guatu gi ala una gi egga'an, ya magåhet na todudu i kandet manmañiñila' kulan manmanggigiha guatu ni' manmalingu na ånte siha.

I fine'nana biahi na hu fakcha'i i espiritu gi gima' Sinahånña, ti i gima' na i trongkon nunu. Fana'an kuåttro åños yu'. Sigun i mamprimå-hu yan i mamprimu-hu, yan i mantihå-hu ni' sumangångani yu' ni' este na estoria, gof ya-hu humugåndo gi uriyan i trongko. Låo tåya' besnes-ña i dikike' na kuåttro åños para u hugågando guihi gi papa' i trongkon nunu, ya kumalenturara yu' ni' malangu-hu. Todu i tataotåo-hu såtna. Gi estoria-hu, afatigao yu' ni' kalenturå-hu. Mangguifi na måma'ya yu' gi hilo' i satgen gima' Tåta, ya sigi yu' lumiliko' kulan i butto ni' fafa'ñague, hu e'ekungok i genggong i manåmko' nu i tihu-hu siha gi lamasan chumocho.

Låo este na mimorias kadada' ha' para u inatisa ha' i bali-ña. Tai hinasso yu' put håfa me'na me'na ni' pinadesi-hu, pat put håfa puti o sino håfa i chetnot. Sigun nu i mantihå-hu yan man tihu-hu, hu sangåni siha na humugågando yu' yan famagu'on siha ni' tåya' siña otro lumi'e'. Ginen este i minalångu. Singun iya siha ma guaiya yu' buente nu i taotaomo'na. Gi sigun gi lalalo'-ña si Tåta, ha utot påpa' i trongkon nunu. Ha songge i hale'-ña, ya ni håfafa sopbla gi ayu na åmkoko' trongko. Ma sangåni yu' na gi sigiente ha'åni, na tinemba lokkue' si Tåta ni' tåt tumungo' håfa na klåsen kinalentura para nos kuåntos simåna siha. Ti klåru i tetehnan i estoria. Hu hungok na ma ågang i suruhåna na tihå-hu ni' primet grådu na priman tatå-hu para u fanayuda. Hu hungok lokkue' na i medikon låssas ni' tåotao Guam muna'homlo' yu' nu i satna. Ti ma klarifika dipotse i estoria, påtte put påtte. Låo ti ayu i uttemo-ña i estoria empottånte, na i leksion ni' fina'na'gue-ña: manggai nina'siña i trongko siha. Desde ayu, hu kåtga este na minagåhet gi san halom-hu gi meggai ideha yan kuminidåt siha. Låo i hinengge-ku nu i mås pråktiku yan mi'ayudu na rason siha, ha tattiyi yu', gi dosse åños, asta i nuebu na guma'-måmi giya Tutuhan (Hagåtña Heights), i tinalo' na songsong gi isla. Ha ayuda yu' mumaneha i ma'åñao-hu siha.

Gi finene'na na pupuengi annai manhålom ham, hu chule' i Morton na asiga ya hu kalangkångi asiga todu i kanton i gima' mientras hu aridonduduyi. CHatta' hu hasso put ginen manu na hu chule' eyu na ideha. Yan halomtåno' i santatten guma'. Ti guiyaya i taddong låo ma'å'ñao yu' ya mungnga yu' mañule' chånsa. Despues, kulan mumamåhlao

yu' annai hu po'lo tåtte gi sa'hang pine'lo i kana' ha' esta tåya' asiga gi sahguan. Gi sigiente diha annai para u usa i asiga si nanå-hu, hinengang ni' ñinahlalang-ña sa' på'go ha' ha fåfahan. Hu sangåni ni' bidå-hu. Ha fa'keluyi ha' yu' ya ilek-ña, "Na'hålom ennao gi listan håfa para u ta fåhan otro biåhi."

Esta kana' kuårenta åños despues, hu gef agradesi i ti ma estototba na halomtåno' gi santatten guma'-måmi gi iya Tutuhan. Guaguaha ha' minakkat siñentete-ku guihi låo meggai såkkan manmaloffan desdeki pumåra yu' muma'å'ñao. Buente umakomprende yu' yan i espiritu siha guihi ya ti hu atbororota lokkue'. Hu påsa este na minagåhet gi i lahi-hu put i trongko yan i halomtåno', ni' maseha ma poksai para u gai respetu para i aniti yan i taotaomo'na siha, ti taiguini iya guåhu. Ti ha estapbleblesi trabiha klåru håfa rilasion-ña yan i halomtåno' gi tatten guma'.

Annai disisais åños-ña, in disidi na maseha dos na kommon guaha gi halom guma', manmeme'me' gi sanhiyong i manmagåhet na lalåhen isla. Pues ha tutuhon me'me' gi sanhiyong guma', piot guatu gi papa' i bentanå-hu. Inatborota yu' ni' bidåda-ña ya hu tågo' para u såsangan, "Despensa yu'." Hunggan ha chocho'gue ayu ha asigura yu'. Ti båbaba gui' na CHamoru. Ha asigura yu' lokkue' na ti ha håhatme i halomtåno' na i santatten guma' ha'. Pumåranñaihon i atborotu-hu låo sumen lalålo' si nanå-hu. Di'åriu bidåda-ña ya esta pinat odda' guihi. Linalåtde as Nanan Biha. Ti mandodokko' tåtte i cha'guan. Ånglo' yan kåka'ka' i tano' ni' ha me'mimi'e ya ti parehu kulot-ña yan i pumalon odda' gi santatten guma'. Inakonseha as Nåna na u påra. Låo ti malago' pumåra ya mientras mamamaisen despensasion, para ke yu' lokkue'. Para ke yu' nai ... astaki un puengi despues di oran sena.

Kada puengi ha kokonne' i lahi-hu i ga'lågu ya ha na'fanmamomokkat gi sengsong. Tehnga må'pos put media ora, pues na ha bira gui' tåtte ya me'me' gi tatten guma'. Un puengi mientras mama'gågasi yu' na'yan, tumalak hiyong yu' gi bentåna gi santatte-ku. Hu gacha' lumi'e' ensegidas i un båndan tataotåo-ña, låo ti gef klåru i lini'e'e'-hu nu guiya. Låo lahi-hu ayu yan i blånden gapotilu-ña yan å'paka' frañelå-ña. Låo kåo manu'usa å'paka' frañela måtto gi hinasso-ku. Gof siguru

yu' na guiya ya hu lalåtde, "Kåo siña un na'famokkat i ga'lågu gi uriyan i sengsong, åhe' ti i uriyan guma'! Båsta fan gumago'!" Ti ha oppe yu'.

Matåta'chong si nanå-hu gi kahidan sanme'nan guma' ya ha faisen yu', "Ke låo håyi un lalålatde? Ha na'fanmamomokkat i ga'lågu siha i lahi-mu." "Åhe'. På'go hu lili'e'. Gaige gi otro båndan guma'," hu sangåni si nanå-hu låo aburidu i ilu-hu.

CHumakka' chalek-ña si nanå-hu. "Må'pos gi ennao ha' i singko minutos." Ai! Asiguråo yu' på'go na tåotaomo'na lini'e'-hu. Ha na'siriosu si Nåna i bos-ña. "Un tungo' håfa? Gi este i manmaloffan siha na puengi, manhuhungok yu' katen dikike' na neni gi sanhiyong i bentanå-hu."

Hu hasso i siñente-ku gi labadot. "Kuånto na puengi, Nåna?"

"Este ha' i maloffan na dos puengi."

Tåya' nenen-ñiha i bisinu. Ti å'paka' frañelå-ña i patgon-hu. Pumåra yu' mama'gåsi, hu na'ånglo' i kannai-hu, ya hu chule' i asiga yan i paketen måches. Humålom yu' gi otro kuåtto ya hu hålla i påtman Damenggon Råmos. Fine'na, hu songge i påtma ya hu usa para hu såffe i uriyan guma'. Pues, hu chule' i asiga ya hu såtpe ta'lo todu i uriyan guma'. Hu go'te i asigan Morton ya hu aligåo yuhi na bånda annai esta ti mandodokko' i cha'guan ya un hinasso måtto giya guåhu: "Debi di u påra me'me' guini i lahi-mu." Hekkua' ginen manu na måtto ha' ini na hinasso. Ti iyo-ku. Para guåhu, che'cho' di'åriu i para u me'me' guihi. Ya gi minagåhet, hu fa'tåya' ha' yuhi. Låo hu tungo' na guaha umadingangani yu', gi parehu na manera na hu tungo' humåhgong.

Annai måtto gi gima' yan betde na chininå-ña, hu sangåni gui', "Hinasso-ku na hu li'e' håo gi bentåna, låo ti hågu yuhi, ya manhuhungok si Nånan Biha kåten neni lokkue'. Båsta, lahi-hu, me'me' gi sanhiyong."

"Låo tiot tiempo hu såsangan, 'Despensa yu'," ha ensiste.

"Låo put i manggågao håo petmisu ti kumuke'ilek-ña na ma nå'i håo petmisu," hu sangåni gui'.

Eyu minaolek-ña i lahi-hu na ha komprende todudu, maseha kulan guaha didide' dinida, yan didide' na siñetsot. Sin otro fino'-ña, tumunanas guatu asta un fantenani'an gi halom guma'. Despues, ha faisen yu', "Håfa mohon, kåo manlalålo' nu guåhu?"

"Åhe'. Ayu ha' minalago'-ñiha i para un påra me'me' guihi. Inipos

i tai minagof-ñiha ya ti ma tungo' håfa taimanu para na'tungo-ñiha nu hågu ... nu hita."

Pues, ti ha hungok si nanå-hu katen neni guihi na puengi yan kontodu i manmamamaila' siha na puengi. Ya desdeki yuhi na tiempo, tåya' na manmanli'e' ham espiriton tåotao ni' parehu pusision-ña yan i mismo låla'la' na tåotao. Låo in tingo' na esta på'go manggagaige ha' i espiritu siha ya u ma kontenuha na u fanggagaige put siempre. Gi minagåhet u fanggagaige ha' guihi para åpmamam na tiempo i despues di må'pos yu'. Yan i lahi-hu, yan i fama'gu'on-ña siha. Hu tungo' gi minagåhet na guaha mås para u ta fanma sangåni. Un li'e', tåya' uttemon-ñiha i estoria siha.

Manai finakpo'.

RIKOKNISASION SIHA

I Editora, Si Victoria-Lola. Yan i pipila', Si Siñora Rivera, ayudante-ku siha na mantitige' - ti u fonhåyan i che'cho' sin i hinasson-ñiha siha.

Si Siñora Flores, i editoran i fino' CHamoru na kopia, ha na'menos i tinai siniguru-hu put i tinige'-hu.

Si Jose Cruz, Jr., ha nå'i yu' ginen mañaina-ña i Juan Måla na estoria. Sin i fino'-ñiha ti hu guaiya si Juan Måla taiguini i guinaiya-ku på'go. Ya buente ti mångge' yu' put guiya.

I mansen maolek ni' manma chocho'cho' gi MARC. Si Yu'os ma'ase' nu i taddong na inilao yan i sinedda'-ñiha.

KINONSUTTAN I CHE'CHO'

Camacho, Olympia. *Legends of Guam*. Agana, Chamorro Studies
and Special Projects Division, 1988.

Cruz, Jose, A. Jr. *Estorian si Juan Mala yan i Kabayeru*. 2019,
Collection of Jose A. Cruz, Jr., Mangilao.

ESAA Project Chamorro Language and Culture Program.
Legends of Guam. Agana, Department of Education, 1981.

Flood, Bo, et al. *Micronesian Legends*. Honolulu, The Bess Press, 2002.

Guerrero, Lagrimas P.L. "Sirena." *The Guam Recorder*, vol. XIII,
no. 7, Oct. 1936, p. 7.

Hemplon Nana Siha: a collection of Chamorro legends and stories.
Department of Chamorro Affairs, Division of Research,
Publication, and Training, Hagatna, 2001, The Hale'-ta Series.

Hornbostel, Gertrude C. (Trudis Aleman). "The Strong Man of Guam."
The Guam Recorder, vol. 1, no. 4, Jun. 1924, p. 4.

Hornbostel, H. "Ucudo." *The Guam Recorder*, vol. 2, no. 19,
Oct. 1925, pp. 197 and 215.

Night High School, Composition. "The Quail and the Iguana."
The Guam Recorder, vol. 2, no. 22, pp. 304-05.

Rios, Jose L.G. "Legends of Guam: Two Lover's Point."
The Guam Recorder, vol. XVI, no. 5, Aug. 1939, pp. 203-04.

Taitano, Carlos, et al. *Legends of Guam (As told by old-time Guamanians)*.
Agana, Tuberculosis and Health Assoc.